À L'HEURE DES CHIENS

À L'HEURE DES CHIENS

ÉVELYNE BRISOU-PELLEN

RAGEOT • ÉDITEUR

Pour Gigi.

ISBN 2-7002-2925-8
ISSN 1766-3016

Pas un chat à l'heure des chiens

Au bout de la rue, il n'y avait personne, et ça m'a fait un drôle d'effet. Comme un vide. J'ai regardé à droite et à gauche, le long de la voie de chemin de fer, avec un peu d'inquiétude, puis j'ai raccourci la laisse de ma chienne en murmurant :

– Viens, Jessie, on rentre.

Jessie – de son vrai nom Jessica – n'a pas fait d'histoires. Avait-elle aussi remarqué que Bobby n'était pas là ?

Bobby, c'est le chien du vieux. Et le vieux, je ne sais pas son nom. Chez nous, on dit « le vieux en chaussons ».

C'est bizarre qu'il ne soit pas là. Pourtant, je suis sûr qu'il a regardé le western à la télé. D'habitude, il sort son chien juste après. Ou alors il a regardé une autre émission, mais cela m'étonnerait : ce n'est pas son genre, il ne rate jamais un western.

Et puis son chien, il est comme le mien : dès qu'il entend le générique du film, il est prêt. Assis sur le paillasson, la laisse dans la gueule, il vous jette des regards suppliants, comme si la rue risquait de disparaître d'un moment à l'autre.

Il est tard. Je suis sous les platanes, avec mon chien noir dans la nuit noire et, je ne sais pas pourquoi, je ne me sens pas tranquille.

Là... une ombre, sous le tunnel de la voie ferrée...

Bon, c'est Victor et son père. Je respire mieux.

Victor est un tout petit chien blanc, sans race définie, qui nous fait toujours fête, à Jessie et à moi. Son père est jeune. Dans les vingt-cinq ans. Il m'adresse un petit signe de tête :

– Bonsoir, ça va ?

– Ça va.

Victor se dresse sur les pattes arrière pour faire ses amitiés à Jessie en lui donnant des petits coups sur le museau. Elle, elle agite la tête, sautille sur place, puis – sympa – se penche pour que Victor puisse l'atteindre. Il faut dire qu'elle est trois fois plus grande que lui.

– Pas vu Bobby, ce soir, remarque le jeune homme.

Je caresse distraitement la tête de Victor, pendant que le jeune homme gratte un peu Jessie sous le cou pour la saluer. Il règne dans notre quartier de grandes habitudes de politesse.

– Moi non plus, dis-je, c'est bizarre... Peut-être qu'il a regardé le match de foot.

– Non. Moi je l'ai regardé, il est fini depuis cinq minutes.

– Alors... (j'ai un geste d'ignorance) il est peut-être parti en vacances.

– Ah ! Les vacances de printemps. Tu ne t'en vas pas, toi ?

– Non. J'ai le brevet à préparer.

– Tu es en troisième ? Je te plains, il te reste un bout de chemin à faire.

– Moi je ne me plains pas, dis-je, je ne déteste pas l'école.

– Moi non plus, remarque, on prononce des phrases bêtes, comme ça, sans y penser. Moi je suis en quatrième année de médecine et je n'ai pas tellement hâte d'avoir fini, la vie d'étudiant me plaît bien.

On n'en a jamais tant dit. Est-ce parce que le vieux n'est pas là ?

On se salue, et chacun continue dans sa direction.

Pas trace de la chienne setter irlandais, ni du terre-neuve qui est le grand copain de Jessie, ni de Nénette, l'affreux roquet. Celle-là, elle ne me manque pas vraiment. Elle est tellement jalouse qu'elle ne supporte pas que sa patronne nous approche. Bon. Aucun autre chien. Leurs maîtres doivent, à leur grand désespoir, regarder le face-à-face politique qui ne finit qu'après 23 heures. Quelle vie de chien !

C'est à l'instant où je rattache le mousqueton de la laisse qu'IL passe. Là-haut, le long de la voie ferrée. Une silhouette noire. Il doit être 22 heures 35, pas besoin de regarder ma montre. Je frissonne. Je n'aime pas le voir, je ne sais pas pourquoi. Surtout quand je suis seul. J'ignore qui il est, il ne prononce jamais un mot et je n'ai jamais vu son visage. Son pas s'éloigne sur le ballast.

Rentrons.

Jessie jette un dernier regard derrière elle, avant d'accepter de tourner le coin de notre rue. Flûte alors ! Pas de Bobby ! (Je vois bien qu'elle ronchonne intérieurement.) Pas de petite gâterie du vieux ! Je lui fais remarquer :

– Tant mieux, le chocolat, c'est mauvais pour toi, tu vas devenir une grosse dondon.

Je crois qu'elle s'en fiche, de devenir une grosse dondon : elle aime le chocolat, et le vieux en a toujours un carré pour elle.

Depuis le hall d'entrée de la maison, j'entends la télé. Mes parents sont au salon. Je détache la laisse du collier et je dis à Jessie :

– Va mettre la laisse à sa place.

Elle saisit la laisse dans sa gueule, pousse la porte du salon d'un grand coup de museau et bondit vers son coussin.

– Aïe ! crie ma sœur. Tu pourrais faire attention, quand je suis sur ton chemin. Tu m'as griffé la jambe !

Je ne vois rien, mais je devine que Jessie, les oreilles en arrière et la tête dans les épaules, joue le-chien-qui-a-fait-une-bêtise-mais-demande-humblement-pardon.

– Bon, ça va, la console Violaine. Tu n'as pas fait exprès...

Et là, je suppose que Jessie lui saute dessus pour la lécher partout, parce que j'entends des rires et des petits cris :

– Non... arrête ! Aïe, ouille ! Mon oreille !

Et des rires encore.

Mon père s'impatiente :

– Ça suffit, Violaine, on n'entend rien.

– C'est pas de ma faute, c'est Jessie.

– Arrête, Jessica, gronde mon père, c'est fini, oui ?

Un temps de silence, puis :

– Bon, d'accord, tu es une bonne toutoune, mais... Ah ! Arrête Jessie, tu me fais mal... Ah ! non ! On ne lèche pas la figure !

Je ris dans ma barbe (enfin, juste un petit duvet), et je monte l'escalier.

Si j'écrivais un roman... Mais non, je le vois bien, je ne suis pas un héros de roman : mes parents ne sont pas divorcés, je n'ai pas envie de fuguer, je n'ai pas de copain qui se drogue, ni de petit frère à problèmes. Mon père ne me frappe pas, ma mère ne veut pas fuir avec un amant, je ne me dispute même pas avec ma petite sœur... Je suis un cas, quoi ! Un anormal.

Je décroche mon archet qui pend à un clou planté dans le bois de ma bibliothèque, je tends distraitement la mèche. Bien. Mon violoncelle maintenant. Il dort le long de la banquette (je ne le range jamais). Je joue une corde à vide... Horreur ! Complètement désaccordé.

Je sors dans le couloir, décroche le téléphone. Le téléphone, c'est sympa, ça vous donne toujours le *la*.

La...

Je repose. Je fonce à ma chambre en essayant de bien tenir la note. *La...*

J'accorde mon violoncelle. *La... ré... sol... do... do sol ré la.*

Ça va.

Je prétends que je reste à la maison pour préparer mon brevet, mais le brevet, ce n'est pas le problème... Enfin, je veux dire qu'il ne me fait pas trop peur. Mes notes de l'année sont correctes (bien que sans génie, avouons-le) et l'examen, ça devrait aller.

Non, ce qui m'angoisse, c'est l'examen du conservatoire. Je voudrais bien passer en troisième cycle, mais ça me fait déjà froid dans le dos de penser au jury. Tous ces yeux dardés sur vous. L'expression vache du directeur qui semble toujours attendre la faute, le couac, l'erreur de rythme, l'accroc. Un cauchemar. Je me demande pourquoi je continue. L'habitude peut-être...

Ou alors parce que, mine de rien, le conservatoire est devenu ma deuxième maison. Trois fois par semaine, depuis que j'ai six ans. Une seconde nature, quoi. Et puis, les couloirs centenaires, des murs qui ont entendu gémir tant d'instruments qu'ils se lézardent un peu, les mêmes murs que lorsque mon père y traînait son hautbois, et mon grand-père avant lui son violon. Trois générations de fausses notes et d'angoisses de fin d'année.

Bon. Mon morceau d'examen. Pas la peine de chercher, il est toujours ouvert à la bonne page sur mon pupitre. Attention à la triple croche, c'est là que je me plante à chaque fois.

Sol ré la fa ré.

Finalement, j'ai peur, mais je ne me plains pas des examens. Si je n'étais pas obligé de travailler, je me connais, je me la coulerais douce.

Faire ce qu'on veut quand on veut, c'est peut-être le plus difficile...

Là, je n'ai pas le choix.

Sol ré...

La porte s'ouvre.

– Ta corde de *ré* est mal accordée, lance ma sœur.

Et elle referme la porte.

M'énerve, celle-là. Je réaccorde. Elle avait raison. Elle a toujours raison : elle a l'oreille absolue. Il n'empêche, ça m'agace. J'entends sa flûte traversière malgré l'isolation entre nos chambres. Bon sang, celle-là, elle n'aura aucun problème pour avoir son examen, c'est une surdouée de la flûte. Je ronchonne un peu, comme si j'étais jaloux, mais en réalité, je suis fier d'elle. Elle est vraiment très forte, et en plus très mignonne, et en plus très sympa. Toujours à faire attention à tout le monde, toujours à craindre d'avoir mal fait. J'ai honte d'avoir une petite sœur si géniale et, quand les autres me parlent de la leur, je dis :

– Oui, la mienne aussi est un peu casse-pieds.

Et après tout c'est vrai, quelquefois. Je l'appelle même Casse-bonbon. Mais c'est plutôt affectueux.

Je me glisse en catimini dans le couloir, j'ouvre sa porte et je jette :

– Ta croche-pointée-double est trop rapide.

Et je referme en vitesse.

Elle crie à travers la porte :

– Quand on n'y connaît rien, on se tait !

Je ris.

Elle rouvre la porte et elle lance :

– Médéric, tu veux bien m'accompagner au violoncelle ?

Je prends un air important :

– Moi aussi, j'ai du travail… Aaah ! Jessie, qu'est-ce que tu fais ?

Elle est en train de me tirer par le bas du pantalon. Celle-là, il ne lui faut vraiment pas longtemps pour s'apercevoir que l'ambiance est plutôt au chahut !

Je me jette à genoux et je lui coince la tête sous mon bras. Elle se tortille comme un ver, se dégage habilement et me saute sur le dos. Je me redresse un peu… Elle roule par terre, les quatre fers en l'air. Ça ne la décourage pas. Elle se remet illico sur ses pattes et se jette à nouveau sur moi. C'est qu'elle pèse son poids, la fillette ! Elle me fait perdre l'équilibre. Je roule sur le côté, me relève d'un coup et la surprends par une prise en traître. Et je me retrouve sur elle, lui bloquant les épaules au tapis. Ah Ah ! je t'ai eue ! Mais… Elle a réussi à m'agripper le bras avec ses pattes arrière, et…

Quelqu'un sonne à la porte. Gong de fin de

combat. Je reprends ma respiration, Jessie a la langue pendante. Je lui adresse un clin d'œil. Elle me répondrait bien par une nouvelle attaque fulgurante, mais comme elle est aussi curieuse que moi, elle choisit plutôt d'écouter ce qui se passe en bas. Elle finit même par descendre l'escalier.

On entend des voix.

– … Non, je ne sais pas du tout, dit mon père au bout d'un moment.

Je me penche au-dessus de la rampe. C'est la voisine d'en face, Mme Leroyer.

– Parce qu'il n'était pas à la réunion du club du troisième âge, explique-t-elle à cet instant. J'ai pensé que peut-être il était allé voir les compétitions au stade et, comme vous êtes président de la section d'athlétisme, vous auriez pu l'apercevoir.

– Malheureusement, répond mon père en retenant Jessie pour qu'elle n'aille pas faire d'intempestives démonstrations d'affection, je n'ai pas prêté attention au public.

Il y a encore deux ou trois mots, puis la porte se referme.

– Son voisin de derrière n'était pas à sa réunion, commente mon père à la cantonade, et ça ne répond pas chez lui.

– Quel voisin ? interroge la voix de ma mère.

– Monsieur Tual.

Connais pas. Je vais retourner à mon violoncelle.

– Le maître de Bobby ? demande ma mère à cet instant.

Ah si, je connais ! Du coup, je tends mieux l'oreille.

– Il semble qu'il ait disparu, ajoute mon père.

– Il est peut-être tout simplement parti en week-end. Les vieux se font toujours des montagnes avec des taupinières.

– Ou alors, soufflé-je à Violaine d'un air de conspirateur, il a été assassiné.

Il y a des jours où on ferait mieux de se taire.

Sinistre découverte entre chien et loup

Assise en face de moi dans la cuisine, Jessie demeure d'une immobilité de statue. Je ne suis pas dupe. De temps en temps, elle bouge légèrement le bout de la queue, astiquant au passage le carrelage. Ça veut dire : « Tu as vu comme je suis sage, d'une sagesse exemplaire ». Je quitte une seconde la table pour attraper le beurre. Elle tourne la tête pour me suivre des yeux, mais ne bouge pas, les fesses vissées au carrelage.

« Tu as vu comme je suis super-sage, ça mérite au moins un morceau de ta gueule de dragon… » Ma gueule de dragon : un énorme morceau de pain, fendu en deux, avec une langue de beurre et de camembert… Impossible de ne pas la partager !

Vous me direz, ça ne fait pas partie du vocabulaire de tout le monde, mais de Jessica, si. L'autre jour, j'ai dit à Adrien : « Quoi ? Tu ne sais pas ce qu'est une gueule de dragon et ma chienne le sait ? » Il n'a rien trouvé à répondre. Il se démonte facilement, Adrien, que c'en est un plaisir.

Jessie me fixe. Même ses yeux n'osent plus bouger. Enfin son regard glisse jusqu'à la gueule de dragon, suit le mouvement de mes doigts qui en détachent un morceau. Elle cesse de respirer, elle n'ose y croire. Elle avance un peu la tête et prend délicatement entre mes doigts ce don du ciel que constitue le pain-camembert. Et là, elle se met à battre farouchement de la queue. Un chien, il suffit d'un rien pour qu'il soit content.

– Ne lui donne pas trop de pain, rappelle ma mère en entrant, ce n'est pas très bon pour elle.

– Tu entends ! dis-je à Jessie.

Elle s'en moque. Elle bat de la queue ; elle en reprendrait bien un peu.

– Trop tard ! annoncé-je d'une voix sépulcrale en montrant que mes mains sont vides.

Elle détourne pudiquement les yeux d'une telle vision d'horreur. Je demande :

– Tu viens au violoncelle ?

Elle vient.

Nous montons dans ma chambre. Elle se glisse sous le lit. Je n'ai jamais compris si c'est pour mieux entendre ou pour se protéger des sons douteux.

Elle ne bouge plus. Ou elle aime le violoncelle ou elle croit me faire plaisir. Est-ce qu'un chien a le sens du sacrifice ?

Neuf heures du soir. Le film est nul. Je zappe un peu. Une émission de variétés, un débat politique, un jeu débile (je n'insiste pas... Pas que je déteste, mais je ne voudrais pas que mes parents me voient regarder de pareilles idioties). Bon... J'entends ma mère qui bricole je ne sais quoi dans la cuisine. Je passe la tête par la porte :

– J'ai bien envie de véhiculer dès maintenant l'animal à l'extérieur.

– Si tu veux, dit maman, pas autrement surprise par mon langage hermétique.

Il faut dire que si on n'est pas sûr de sortir tout de suite, mieux vaut éviter de prononcer des mots fatidiques comme : dehors, chien, promenade, sortir, balader, aller, emmener... Et comme cette liste s'allonge de jour en jour (parce qu'un nouveau vocabulaire ne trompe jamais bien longtemps une poupoune à l'affût), on commence à être un peu limités en expressions. Bientôt, entre nous, on ne va même plus se comprendre ! Même « Bon » est dangereux, un mot anodin, qu'on lâche sans y penser, et qui la met sur le qui-vive.

La semaine dernière, on a imaginé d'épeler les mots... Mais voilà qu'elle sait déjà comment s'épelle promenade. Où va-t-on s'arrêter ?

Je regarde Jessie du coin de l'œil, je vois bien qu'elle me surveille déjà, même si elle n'a pas encore compris. Je déclare en soupirant :

– Bon, Pilouchette, on y va.

Elle n'en croit pas ses oreilles. La tête un peu penchée pour mieux écouter, elle me questionne du regard, un espoir incrédule au fond des yeux. Une sortie si tôt dans la soirée ? N'a-t-elle pas rêvé ?

Je précise :

– Mais oui, tu as bien entendu !

Sans plus d'hésitation, elle se précipite comme une folle vers son coussin, saisit la laisse entre ses dents et revient à fond de train.

– Et ton collier ? Tu ne l'as pas.

Son collier ! Elle se re-précipite vers son coin... Le collier n'est pas là. Elle se fige un instant. Elle réfléchit. Dans la salle de bains ! Oui, on lui a donné un bain cet après-midi !

Rien ne lui échappe. Elle a une excellente mémoire. Elle revient triomphalement, le morceau de cuir vert dans la gueule. Là, elle s'assoit, sans pouvoir pour autant calmer ses battements de queue. On glisse le collier par la tête. Ça passe facilement, le labrador est un des rares chiens à avoir la tête moins large que le cou.

– Ne bouge pas !

On accroche la laisse.

– Attends un peu !

Elle m'entraîne vers la porte.

– Jessie, ne tire pas !

Chien qui sort n'a plus d'oreille... Surtout que Titan, le terre-neuve, est au bout de la rue.

– Bonsoir ! lance le père du terre-neuve, un monsieur à cheveux gris, mais pas très vieux je crois. Rien à la télé ce soir, hein ?

– Rien.

À l'heure des chiens, les conversations ne sont jamais très croustillantes. On parle du temps, de la télé, ou des chiens.

– Pas très beau, ce soir, il va pleuvoir, hein ?

Temps, télé, ou chiens.

Jessie et Titan se frottent l'un contre l'autre en rigolant. On les tient en laisse, et je vous jure, ce n'est pas facile. Passé le tunnel sous la voie ferrée, il n'y a plus de danger de voir arriver des voitures : on lâche les fauves.

Comme des dingues. Ils foncent comme des dingues vers le champ d'à côté.

On est presque en mai, l'herbe a poussé, on ne voit plus que les deux dos noirs qui surgissent parfois, et les oreilles qui battent au vent.

– Je ne peux pas rester longtemps, dit le père du terre-neuve au bout d'un petit moment, j'ai mon ordinateur qui tourne.

Et il appelle :

– Titan !

La tête du chien pointe hors des herbes. Les oreilles relevées, il est aux aguets.

– Eh bien ! crie son père, tu viens !

Titan a l'air d'hésiter. Il pousse un petit jappement curieux.

– Titan ! Tu viens immédiatement, s'il te plaît.

J'aime bien le père de Titan. Il lui parle normalement, comme à un chien, quoi. Il ne lui dit pas « au pied », ou « ici », comme on fait quand on croit que les chiens sont un peu débiles.

Voici deux oreilles volantes qui se rapprochent, et l'énorme bête sort des herbes.

– Il est bizarre, dit son maître, il faut que je l'appelle deux fois pour qu'il revienne !

Je n'ose pas rappeler Jessica, de peur de me ridiculiser : elle n'obéit impeccablement que quand ça l'intéresse, et là, je suis sûr qu'elle sera un peu dure d'oreille.

Les Titan père et fils s'éloignent. Nénette mère et fille apparaissent sous le pont. Surtout, ne pas dire à Mme Nénette « Ça va ? », malheureux automatisme verbal qui déclenche au quart de tour une avalanche de termes médicaux. Ses urines sont très foncées, le docteur dit que son foie ne fonctionne pas bien, sans parler de ses hanches en compote, qu'il faudra sûrement qu'elle se fasse opérer, mais qu'avec les chirurgiens, non, elle n'a pas confiance. Et est-ce qu'ils penseraient à son diabète ?... Tiens !... Que la pharmacienne elle-même lui a délivré un médicament qui n'était pas du tout conseillé, surtout à cause de son cholestérol...

Bref, je fais bien attention, et je ne dis pas « Ça va ? », je demande :

– Vous croyez qu'il va pleuvoir ?

– Oh ! mon garçon, fait-elle, j'espère que non, parce que mes rhumatismes n'aiment pas la pluie, surtout mon poignet, alors quand je le mets comme ça... ou comme ça... (elle me fait une démonstration) ça me lance, une douleur aiguë qui irradie tout le bras. Je me demande d'ailleurs si ce n'est pas le cœur, quand ça me fait trop mal dans le bras gauche. Le docteur dit que non, mais les docteurs, vous savez...

J'appelle :

– Jessie, tu viens ?

Elle ne vient pas.

– Jessica !

Je prends un ton sec, mais pour un résultat médiocre. Elle lève le museau et pousse un gémissement.

Bizarre : Jessie s'exprime d'ordinaire très peu par la voix.

– Qu'est-ce qu'il y a ? Viens.

Elle s'agite, je la vois tourner en rond, et rien de plus.

Une pensée me traverse l'esprit :

– Zut ! Elle a encore trouvé un chaton abandonné !

Je dis « zut », non parce que je n'aime pas les chats, mais parce que la dernière fois que Jessie en a découvert un, on n'a pas réussi à le sauver : il était trop petit et sans résistance. Enterrer un chat ne me sourit pas vraiment.

Enterrer un chat ne me souris...

Bon.

– Alors, tu viens ?

J'avance dans le champ. Qu'est-ce qu'elle a trouvé ? Je n'aime pas trop les surprises.

Bon sang ! Un homme est allongé dans l'herbe. Il est saoul ?

Les types bourrés m'ont toujours fait un peu peur. Je reste suffoqué. Une impression terrible. Je ne reconnais pas vraiment son visage... mais ses chaussons... Bon sang, c'est le vieux aux chaussons ! J'ai l'impression que je ne peux plus respirer.

Dans les films, on s'approche pour voir si l'homme vit encore, mais mes jambes refusent de m'approcher. D'ailleurs, il... il n'est plus en vie. Enfin je crois : son visage, je le reconnais à peine tant il est immobile, avec une sorte de crispation dans les mâchoires.

Jessie non plus ne bouge pas. Elle est assise dans l'herbe et le regarde, et puis elle me regarde. Elle a confiance en moi, Jessie, elle est sûre que je sais ce qu'il faut faire. Les chiens sont pleins d'illusions.

Enfin, elle a raison, je devrais savoir que faire. Je recule et je crie :

– Madame !

Je ne sais pas comment l'appeler, je ne sais pas son nom. Je ne peux pas dire « madame Nénette », quand même.

– Madame ! Venez vite ! Il y a le monsieur, euh… le père de Bobby.

Elle reste comme une statue.

– Co… comment ?

– Il est là, dans l'herbe, il ne bouge plus.

Mme Nénette devient toute pâle. Elle serre son poing sur son cœur et bredouille :

– Il ne… mon Dieu, mon Dieu…

– Il est mort, je crois qu'il est mort !

Et en disant ces mots, j'ai l'impression que mes jambes vont se dérober sous moi. Mais je suis plus vaillant qu'il n'y paraît. Avec beaucoup de courage, je me mets à fuir, en criant quand même :

– Je vais téléphoner à la police !

Deux pour un

Mon examen du conservatoire, c'est dans trois jours. Ça me semble être une phrase bête, sans aucune vérité. Des mots. C'était dans le monde d'avant, que j'avais un examen à passer, mais là, il ne s'agit plus du même monde, ou du même temps, je ne sais plus. Il y a eu un crime dans le quartier, NOTRE quartier. Chez nous !

Par moments, j'ai l'impression d'avoir rêvé. Ce n'est pas possible ! Je suis dans un film ou quoi ?

Je descends l'escalier. Je suis sûr de n'avoir pas fermé l'œil de la nuit.

Jessie me guette à la dernière marche. Elle saisit le bas de ma robe de chambre et me tire vers la cuisine. Avec elle, même dans un état second, on ne risque pas de manquer son point d'atterrissage : elle sait mieux que vous où vous devez aller. Elle ne me lâche que devant la gazinière.

Mécaniquement, je prends la bouteille de lait dans la porte du frigo, j'en verse dans une casserole, sans même la passer à l'eau avant (le lait va coller au fond... tant pis, c'est trop tard). Mes parents sont partis au travail, il fait déjà grand jour.

Jessie me surveille du coin de l'œil, mais je n'ai pas envie de rire.

Elle tend soudain l'oreille vers l'escalier, puis repart en courant. C'est sans doute Violaine qui descend.

Effectivement, ma petite sœur apparaît, traînée vers la cuisine par le bas de sa robe de chambre.

– Hummm...

– Hummm...

On s'est tout dit. Elle attrape un bol, le pose sur la table et s'assoit devant sans rien ajouter, en appuyant ses joues sur ses poings. Je crois que l'affaire du vieux l'a empêchée de dormir, elle aussi.

J'ai fait chauffer assez de lait pour nous deux. Pendant que je lui verse le sien, elle m'observe d'un œil vague et souffle enfin :

– Ce doit être terrible de voir un mort, comme ça.

Je prends un air détaché.
– Bof... j'en ai déjà vu à la télé.
– À la télé, réplique ma petite sœur d'un ton péremptoire, ce n'est pas pareil, c'est pour de faux.
Elle a raison. On croit qu'on est habitué à la violence et à la mort, mais pas du tout. À la télé, ce n'est que du cinéma. Et, croyez-moi, se trouver nez à nez avec un mort en chair et en os, ça n'a rien à voir.
– C'est comme les cascades de voiture, ajoute Violaine.
J'ai un peu de mal à suivre.
– De quoi est-ce que tu parles ?
– Eh bien, de la télé ! Dans un feuilleton américain, quand tu vois une voiture qui fait des tonneaux, tu rigoles, mais si tu le voyais vraiment dans la rue, devant chez toi, tu n'aurais pas envie de rire du tout.
– Du tout. Je n'ai aucune envie de voir un accident devant la maison. Un mort dans le champ, ça suffit.
Je m'assois et j'ouvre le journal. Le journaliste a déjà fait un petit article.

UN HOMME RETROUVÉ MORT DANS UN CHAMP DERRIÈRE LA VOIE FERRÉE

Il n'y a pas de détails. La police ne sait rien, sauf que « ses deux chiens étaient à la maison ».

– Ses deux chiens ? Mais il n'a qu'un chien, le vieux. Il n'a que Bobby !

On sonne à la porte et évidemment, Jessica y est avant moi. C'est le facteur qui me tend un paquet (sans doute les revues d'informatique que mon père a commandées). Le facteur est très sympa, il donne le reste du courrier à Jessie et repart vers sa voiture en me faisant un petit salut de la main.

– Bonne journée !

Fière comme un pou qui a trouvé un cheveu sur le crâne d'un chauve, Jessie rapporte le courrier à Violaine, qui va aussitôt le déposer sur le bureau. Comme le téléphone sonne à ce moment, Violaine décroche.

– Oui… oui, bonjour… Oui, je vous le passe.

Et, sans ajouter un mot, elle tend le combiné dans ma direction. J'approche.

– Oui…

– Médéric Delahaye ?

– Oui, c'est moi…

– Je suis l'inspecteur Meunier (ou un nom comme ça), et je suis chargé de l'enquête concernant la mort de monsieur Tual (le vieux ?). Je crois que c'est vous qui avez trouvé le corps…

– Euh… oui…

– Pourriez-vous passer au commissariat pour faire votre déposition ?

– Euh… oui… Où c'est ?

– Rue Georges-Brassens, numéro 3.

Georges Brassens a une rue avec un commissariat ? Il doit se retourner dans sa tombe, le pauvre.

– Bon...

– Vous pouvez vous faire accompagner de vos parents.

– Pourquoi ?... C'est dangereux ?

Au bout du fil, l'inspecteur rit. Il a une voix jeune et plutôt sympathique.

– Non, répond-il enfin, ce n'est pas dangereux mais, pour un enfant, cela peut être impressionnant.

Pour un enfant ! Non mais qu'est-ce qu'il croit ? Un peu vexé, je réplique :

– J'ai quatorze ans !

– Tiens, remarque l'inspecteur, comme mon fils.

Mais il ne dit pas si c'est assez ou pas pour se passer de ses parents. De toute façon, les miens ne sont pas là.

Deux heures après, je suis au commissariat. Je sens que j'ai envie de faire pipi (comme dit pudiquement ma petite sœur). Finalement, j'aurais vraiment bien aimé que mes parents soient là. Oh ! juste comme ça hein !... pas parce que j'ai peur.

Je ne sais pas où sont les waters. Tant pis. Une porte s'ouvre, je prends mon courage à deux mains et je demande l'inspecteur Meunier. On m'indique le bout du couloir.

J'y suis. En fait, c'est écrit sur la porte « Monnier ». Je frappe.

L'inspecteur est assis devant un ordinateur. C'est un homme plutôt costaud, avec un ventre proéminent. Il a l'air très occupé. Il lève la tête et grogne :

– Ah quelle barbe ! Je crois que j'ai un virus. Tu t'y connais en virus ?

– Ben... Il vous faut un anti-virus, sans quoi vous ne pourrez pas vous en débarrasser.

L'inspecteur se met à rire :

– Enfin quelqu'un qui a une vraie réponse ! Quand j'en ai parlé tout à l'heure à mon chef, il m'a conseillé de prendre du citron chaud. Pour lui, un virus, c'est la grippe.

Je ris un peu, mais le cœur n'y est pas.

L'inspecteur retrouve son sérieux, et me fait raconter la découverte du « corps ». Je ne croyais pas que ce serait si dur. J'ai l'estomac contracté, je revois le visage du vieux.

– Bien, lâche enfin l'inspecteur, comme s'il était rassuré par mon récit.

Intrigué, je demande :

– Vous savez qui l'a tué ?

– Tué ? Pourquoi crois-tu qu'il ait été tué ?

Je me sens tout bête.

– Ben... je ne sais pas...

– Le médecin dit qu'il a vraisemblablement été victime d'une crise cardiaque.

– Ah !

Je suis à la fois soulagé et déçu.

– Une seule chose me fait douter, reprend l'inspecteur d'un ton songeur. À première vue, il serait mort chez lui. Mais dans ce cas, pourquoi quelqu'un l'aurait-il transporté là ?

– Il serait mort chez lui ?

– Oui. Il était en chaussons.

Tout à coup, je me sens de l'importance :

– Ça, ça ne veut rien dire, le vieux était toujours en chaussons, même pour sortir.

L'inspecteur me considère d'un œil surpris, puis il note deux ou trois mots sur un papier. Ensuite, il me demande ce que je sais du vieux et, même en cherchant bien, je ne trouve rien à répondre. J'ignore tout de sa vie.

C'est au moment où je me lève que quelque chose me revient :

– Dans le journal, on dit qu'il avait deux chiens, mais c'est faux : il n'avait que Bobby.

– Ah ! Et à quoi ressemble Bobby ?

– Assez grand, blanc-beige, genre griffon mâtiné d'épagneul.

– Ah !! (l'inspecteur fait une petite grimace, mon explication n'a pas l'air de lui paraître claire.) Et un chien de taille moyenne, d'un roux doré, tu connais ?

– Non. Il n'est pas du quartier.

L'inspecteur réfléchit. Comme il n'ajoute rien, ça me donne le temps de réfléchir à mon tour : pourquoi m'avait-il paru évident que le vieux avait été tué ? Pas à cause des chaussons, bien sûr...

– Bien, conclut l'inspecteur. Si monsieur Tual était toujours en chaussons, le toubib pourrait avoir raison, au sujet de la crise cardiaque.

– Ah non !

Je me surprends moi-même. Ça y est ! Je sais ce qu'il y a de bizarre.

– Le vieux... enfin monsieur Tual, je crois qu'il est mort chez lui, et pas dans le champ, pour la bonne raison que Bobby n'était pas avec lui. Pourquoi est-ce qu'il serait allé dans le champ sans Bobby ?

L'inspecteur me considère d'un air étonné.

– Eh bien... il me semble qu'on peut se promener seul.

Là, c'est à moi d'être étonné. Enfin, je demande d'un ton presque affirmatif :

– Vous n'avez pas de chien...

– Ma foi non.

– C'est pour ça ! Un maître ne va pas se promener sans en faire profiter son chien.

– Tu crois ?

– J'en suis sûr. D'ailleurs, dès que le chien vous voit enfiler un vêtement, il est à la porte avant vous. Si vous ne pouvez vraiment pas l'emmener, il faut lui donner une bonne raison. Par exemple : « Non, tu ne viens pas, je vais à l'école ».

– Je t'arrête : la maison de monsieur Tual possède un jardin.

Je ne comprends pas trop ce que l'inspecteur veut dire par là, et je crois qu'il s'en aperçoit, car il ajoute :

– Quand on a un jardin, on n'a pas besoin de promener son chien.

Quelle drôle d'idée !

– Mais... dans un jardin, même un peu grand, un chien n'a pas la place de se défouler. Et puis, ça manque un peu de distractions, non ? Ça ne me suffirait pas, à moi, un jardin pour me promener... Non, le vieux, je ne vois pas pourquoi il serait allé sans Bobby dans le champ.

– Tu crois ?

C'est un tic, ce « tu crois ? ».

– Si vous allez au bord de la mer un dimanche, et que vos enfants adorent la mer, est-ce que vous les laissez à la maison ?

L'inspecteur ne répond pas. Il se met seulement à rire.

Il me remercie. Il me dit que je l'ai bien aidé, et je me sens grandir de vingt centimètres. Puis il parle d'aller en reconnaissance chez Tual pour éclaircir cette affaire de chien, et même de DEUX chiens à la maison, pendant que le vieux va mourir dans le champ.

Je demande avec aplomb :

– Est-ce que je peux venir avec vous ?

– Ma foi, pourquoi pas ? Tu m'as l'air de connaître, sur les mœurs du quartier et des propriétaires de chiens, des choses que j'ignore.

Une voisine bien indiscrète

La maison du vieux se trouve dans une petite rue parallèle à la mienne, et qui donne en cul-de-sac sur un énorme remblai, au sommet duquel circule la voie ferrée.

Ça fait tout drôle d'entrer dans la maison d'un mort.

– Ne touche à rien, surtout ! prévient l'inspecteur.

Évidemment ! J'ai vu assez de films policiers pour savoir ça !

La main sur la poignée de la porte, l'inspecteur hésite :

– Les chiens, ils ne vont pas nous sauter dessus ?

– Ça m'étonnerait, dis-je. Vous regardez trop de films d'horreur. Je veux bien passer devant, Bobby me connaît.

J'ouvre la porte avec quand même un peu d'appréhension. Après tout, le deuxième chien pourrait bien être un molosse dressé pour la garde !

Bobby bondit vers moi en battant de la queue comme un fou. L'autre se frotte contre mes jambes. Il n'a rien d'un molosse.

– Vous voyez, il n'y a pas de danger.

Mais c'est cet instant que choisit Bobby pour japper deux fois. L'inspecteur sursaute :

– Qu'est-ce qu'il a ?

Bobby pousse encore un grognement de fond de gorge en s'agitant devant une porte.

– Pourquoi est-ce qu'il grogne ? s'inquiète de nouveau l'inspecteur. Tu crois qu'il va nous attaquer ?

Nous attaquer ! C'est vraiment incroyable d'être ignorant à ce point !

Je vais vers la porte désignée par Bobby (et qui ouvre sur le jardin), tout en traduisant :

– Il a juste envie de faire pipi.

Les deux chiens sortent comme des bolides pour se soulager contre le tronc du cerisier.

L'inspecteur les observe, puis il remarque :

– Tu as appris le langage-chien ?

Je n'ai jamais pensé que cela s'apprenait. Ça m'a toujours paru d'une évidence évidente. Comme ma langue maternelle, en somme. Je trouve quand même une forme d'explication :

– Chez nous, il y a toujours eu des chiens.
– Même quand tu étais petit ?
– Toujours. D'ailleurs, j'ai mis très longtemps à comprendre que le chien n'était pas vraiment mon frère aîné. À cette époque-là, nous avions un setter anglais. Ensuite, il y a eu Sultan, un flat coated. Il est mort il y a deux ans.
Je ne sais vraiment pas pourquoi je lui raconte tout ça, à l'inspecteur. Je ne veux pas parler de la mort de Sultan, sinon je vais avoir les larmes aux yeux.
J'essaie de sourire :
– J'ai été élevé à la croquette pour chiens, c'est peut-être pour ça que je comprends ce qu'ils disent.
L'inspecteur prend un air très sérieux.
– Ah !... Et pendant longtemps ?
Je lui lance un regard en coin. Il a un air bizarre. Le même air que l'assistante sociale dans le feuilleton sur la 3, quand elle veut faire raconter à un enfant qu'on le maltraite à la maison.
Alors là, je ne peux pas me retenir de rire franchement :
– Oh non ! Je ne veux pas dire que mes parents me nourrissaient de croquettes, j'allais seulement en chiper dans la gamelle du chien, en cachette, quoi !
– Ah ! fait l'inspecteur d'un air soulagé.

Les deux bêtes sont en bas. Bobby fait le tour du jardin, en alerte, l'air tourmenté. Le petit roux nous regarde fixement en balançant lentement la queue. J'interprète : il attend quelque chose qui lui ferait terriblement plaisir, mais qu'il n'est pas sûr d'obtenir.

Je regarde autour de moi. J'écarte le rideau qui pend sous l'évier : c'est là.

– Ne touche à rien ! rappelle Monnier.

– Juste ça. Vous voyez bien qu'il a faim. Il est en train d'attendre devant sa gamelle, non ?

– Si, reconnaît l'inspecteur en jetant un coup d'œil dehors.

Je sors avec le paquet de croquettes. Bobby n'approche pas. Il s'est assis au milieu du jardin et, le museau haut levé, il flaire l'air du dehors, dans toutes les directions. Je crois qu'il cherche son maître.

– Monsieur l'inspecteur !

Au fond du jardin, une tête dépasse du mur de parpaing qui sépare de la propriété d'à côté. Je reconnais Mme Leroyer, ma voisine d'en face. Je ne m'étais jamais rendu compte que son jardin donnait sur celui du vieux.

– Monsieur l'inspecteur !

Monnier s'approche.

– Quelle affaire terrible, monsieur l'inspecteur ! Un homme si tranquille. Le cœur ! dit le docteur, mais enfin, monsieur Tual, il n'a jamais été malade du cœur.

– On ne le sait pas forcément avant, rétorque Monnier. Dites-moi, avez-vous vu quelqu'un pénétrer dans la maison ?

– Non. Personne.

– Personne n'est venu rendre visite hier à monsieur Tual ?

– Pas hier. Avant-hier, dimanche, seulement. Mais il n'est pas rentré dans la maison.

– Qui est venu ?

– Son neveu, Michel.

– Il venait souvent ?

– Non. Plutôt rarement.

– Et il n'est pas rentré dans la maison ?

– Puisque je vous le dis. Il a juste amené le chien, le petit roux, là... et il est reparti.

Je m'assois sur le coin d'une baignoire pour oiseaux – un gros bloc de pierre creusé d'un trou plein d'eau – pour attendre la fin de la discussion.

Le petit chien roux vient se frotter à moi. Je remarque qu'il l'a déjà fait tout à l'heure, comme s'il était habitué aux marques d'affection et n'en avait pas eu son content ces derniers temps. Il sent bon, il sent le shampoing. Propre, le neveu.

Je gratte un peu le dessus de la tête. Le petit roux a les oreilles chaudes et douces. Je retourne la gauche... tiens, il est tatoué. EAY 636. Ma chienne est SRR 424, comme ça, si on nous la vole, on ne peut pas la revendre : sur le fichier des chiens, elle figure à notre nom.

Parce que Jessica, on pourrait très bien se la faire piquer : elle partirait avec n'importe qui. C'est une chienne qui aime les gens. Elle est même prête à monter dans la première voiture qui a une portière ouverte. Une voiture, cela signifie une balade, et c'est tout ce qui compte. Je pense quand même qu'elle ferait une drôle de tête si elle ne nous retrouvait pas. Parfois, pendant la promenade, je me cache derrière un arbre, et elle me cherche partout d'un air très inquiet.

J'entends grincer le portail du jardin, celui qui donne sur la rue, sans doute. Un homme – grand, brun, la quarantaine – tourne à l'angle de la maison.

– J'ai entendu des voix, dit-il. Mon oncle n'est pas là ?

– Oh ! mon pauvre monsieur, s'écrie la voisine. Votre oncle est mort ! C'est dur de vous l'apprendre comme ça, mais il vaut parfois mieux, parce que tourner autour du pot, ce n'est pas mon genre et...

L'inspecteur esquisse un geste pour prendre à son tour la parole, mais Mme Leroyer n'a pas l'air disposée à la lâcher :

– ... et dire que je n'ai rien vu, rien su, sauf qu'il n'était pas à la réunion du troisième âge, dimanche, et qu'il y est toujours d'habitude. Surtout quand on prépare la fête. Ah ! si j'avais su ! On devrait en permanence avoir une alarme sur soi, pour appeler Police-Secours quand il y a besoin. Moi, je me demande si je ne vais pas en acheter une car, comme dit mon fils, c'est tout de même une sécurité. Imaginez que...

L'inspecteur me regarde, un peu agacé, puis il marmonne entre ses dents :

– Ce n'est pas possible ! Elle a peur que sa langue s'ankylose, ou quoi ?

L'homme écoute d'un air ébahi. Il tourne enfin la tête vers l'inspecteur qui l'entraîne par le bras à l'autre bout du jardin pour, je suppose, lui expliquer ce qui est arrivé.

Mme Leroyer continue de tout observer d'un œil critique, vexée qu'on l'ait plantée là de cette façon. Je remarque que le mur entre les deux jardins n'est pas très haut, et qu'il serait facile pour elle de se faufiler dans celui du vieux, sans que personne ne la voie... Pourrait-elle avoir eu une raison de tuer son voisin ? Ça me fait penser que... D'ailleurs, pourquoi est-elle venue à la maison dimanche soir, demander à mon père s'il n'avait pas vu Tual ? Était-elle réellement inquiète ? Voulait-elle donner le change ? Une vieille dame à chignon gris peut-elle tuer un gros homme un peu rougeaud qui pèse le double de son poids ?

Revoilà l'inspecteur. Laissant le neveu assis sur une bordure d'allée, l'air abattu, il revient vers la bavarde, qui a dû s'arrêter faute de public.

– Vous avez dit, déclare l'inspecteur qui a quand même l'oreille à tout, qu'il n'était pas à la réunion dimanche.

– Dimanche après-midi. Il n'y était pas.

– Est-ce que quelqu'un l'a vu dimanche ?

Il y a un moment de silence, puis le neveu déclare :

– Moi ! Je l'ai vu dimanche matin, quand je suis venu lui amener mon chien. Il avait accepté de le garder deux jours, pendant que j'étais absent.

Je remarque seulement à ce moment que le chien roux n'a pas accueilli son maître avec tellement d'empressement. Préférait-il rester avec le vieux ?

– La seule chose que je peux dire, reprend le neveu, c'est qu'il m'a paru normal et qu'il allait bien. Je n'ai rien remarqué de particulier. Il est vrai qu'une crise cardiaque ne prévient pas. Pauvre oncle ! Dites-moi, inspecteur, je suis un peu pressé, puis-je m'en aller ?

– Oui. Laissez toutefois votre adresse.

Il a raison, l'inspecteur, ce Michel est la dernière personne à avoir vu le vieux vivant. Ça sert de regarder des polars.

J'observe le neveu qui attache la laisse au collier de son chien. Il s'y prend comme un manche. Il ne sait pas qu'il faut d'abord faire asseoir le chien si on veut qu'il se tienne tranquille pendant cette opération délicate, et du coup, accrocher la laisse lui prend un temps fou.

Bobby regarde partir l'homme et son chien sans émotion particulière, puis il vient se coller à moi. J'ai compris. Je demande :

– Qu'est-ce qu'on va faire de Bobby ? On ne peut pas le laisser là tout seul.

– Le confier à la S.P.A., répond l'inspecteur qui aime les solutions toutes faites, la D.D.A.S.S. pour les enfants nourris aux croquettes, et la S.P.A. pour les chiens abandonnés.

– On peut peut-être trouver quelqu'un pour le prendre ? proposé-je.

– Je veux bien, moi, dit la voisine. C'est un chien bien élevé et gentil. Mais j'ai mon voyage de trois jours avec le club, et je pars après-demain, alors....

Je réfléchis : deux grands chiens dans une maison qui ne l'est pas, ça peut être embarrassant. Surtout qu'ils aiment bien chahuter, Jessie et Bobby ! Je ne sais pas ce que vont dire les parents, mais ce ne serait pas leur genre de mettre à la porte un sans-abri.

Je décide pour eux :

– Gardez-le pour l'instant, madame Leroyer. On le prendra pendant votre voyage, soyez tranquille.

– Voilà résolu le problème du chien, dit l'inspecteur d'un ton qui laisse supposer que ce n'était pas une priorité.

Il se tourne vers moi :

– Revenons à nos moutons. Tu ne l'as pas vu, non plus, dimanche après-midi ?

– Je ne le vois jamais l'après-midi. Seulement le soir.

– Ah !

Il y a dans ce « Ah » comme une question, à laquelle je ne réponds pas : vraiment ceux qui n'ont pas de chiens ne comprennent rien à demi-mot.

Je m'amuse à forcer un peu sur le langage codé.

– Je leur demanderai, aux autres.

– À tes copains ?

– Non, ce ne sont pas des copains. Je veux dire : le père de Victor, de Judith, de Titan, la mère de Nénette... Je leur demanderai.

Je vois bien à la tête de l'inspecteur qu'il pense que je me moque de lui.

– Et... Quand leur demanderas-tu ?

– Eh bien... Comme d'habitude, à l'heure des chiens.

EAY 636

L'heure des chiens est une heure fluctuante puisqu'elle dépend essentiellement des émissions de télé, et ça se complique encore quand il n'y a rien d'intéressant.

Je consulte les programmes : deux films, un match, une émission de variétés, un documentaire... Tout finit vers 22 heures 30, sauf l'émission de variétés, mais il n'y a que la mère de Nénette qui la regarde (et moi, quelquefois, quand mes parents ne sont pas là).

Il faudra que j'explique à l'inspecteur ; je n'ai pas été très sympa avec lui.

Attends... Qu'est-ce que je suis en train de jouer, là ? Ce n'est pas mon morceau d'examen, ça ! Je relis : *si mi ré do si...* Où j'en suis, là ? Non, rien à voir avec mon morceau d'examen, ça ressemble plutôt à du Bach. Je regarde la couverture de la partition : Bach. *Suite n° 4 en mi bémol majeur.* Non mais je rêve ! Je crie :

– Violaine ! C'est toi qui as ma partoche d'exam ?

– Euh, oui... je la trouve super, j'étais en train de la transcrire pour flûte.

La transcrire pour flûte ! Et dire qu'elle n'est qu'en CM1 ! Elle me la rend tout de suite sans protester. Je reprends, mais en vérité, je ne sais pas du tout ce que je joue.

C'est vrai, je n'ai pas été très sympa avec l'inspecteur, j'aurais dû lui expliquer, pour l'heure des chiens. Quand on sait quelque chose que l'autre ne sait pas, on se sent une petite supériorité et on a la tentation d'en profiter. C'est moule et même niosse ! (C'est sot, et même stupide, dirait ma grand-tante Suzanne.) Si tout le monde faisait ainsi, et en particulier les profs et les parents, on n'apprendrait jamais rien.

Bon, je regrette... *Ré fa mi...* Oh ! mon son est nul, nul, archi-nul !

Je crie :

– C'est nul !

Voilà Violaine. Elle dit :

– C'est parce que tu es énervé. Moi c'est pareil, il y a des jours où rien ne marche.

Des petites sœurs comme ça, je vous jure, on n'en fait plus...

– C'est normal, continue-t-elle. Découvrir un mort, c'est terrible. C'est très perturbant...

Perturbant ! Où a-t-elle appris ce mot-là ? Je soupire :

– Ce n'est pas seulement ça, c'est Bobby aussi. Il n'a plus de maître. Le neveu n'a même pas proposé de le prendre. Il n'y a que madame Leroyer...

– Le neveu, il a déjà un chien. Comment il s'appelle, son chien ?

– Mystère...

– Ouah ! C'est un nom génial.

– Euh... Ce n'est pas son nom, tête de piaf, c'est que je ne sais pas comment il s'appelle. Son numéro est EAY 636.

– Alors, on peut savoir son nom. Tu demandes à Kévin ?

– Mais qu'est-ce que ça peut nous faire, son nom ?

– Oui... Parce que, après tout on s'en fiche, soupire Violaine d'un ton sarcastique. Sauf par curiosité, bien sûr...

Là, elle me prend par les sentiments. Plus curieux que moi, ça ne doit pas se trouver au kilo à l'étal du boucher. Et puis, j'aimerais bien savoir le nom du neveu. Si c'était lui qui avait tué son oncle ? Oui... et pourquoi pas aussi la voisine de derrière parce qu'il ne voulait pas l'écouter, ou le propriétaire de Titan parce que Bobby lui a piqué un os, ou la mère de Nénette pour se venger de son indifférence ? (Je suis sûr qu'elle lui faisait les yeux doux. À son âge, je vous jure !)

J'appelle Kévin. Kévin est le fils du vétérinaire de notre quartier, et il a fait toute sa maternelle et tout son primaire avec moi. Depuis, on ne s'est jamais vraiment perdus de vue, même s'il est à Saint-Eustache et moi à Chateaubriand. Saint-Eustache est le collège privé chic de la ville. Pas question que j'y mette les pieds, mes parents ne jurent que par l'enseignement public. Et pour Kévin, c'est l'inverse.

– Allô, Kévin ? Ici c'est Médéric. Dis donc...

Aïe, je ne sais jamais faire des phrases pour introduire le sujet. Je ne lui ai même pas demandé « Ça va ? » ni rien. J'enchaîne :

– Quand on a le numéro de tatouage d'un chien, on peut trouver son nom et son propriétaire ?

– Oui, évidemment. Il faut consulter le fichier central.

– EAY 636... tu peux me dire ?

– Attends, je regarde sur l'ordinateur de mon père. Une minute !

Je patiente au bout du fil.

– Tu vas voir que c'est un chien volé, souffle Violaine qui a encore plus d'imagination que moi.

J'entends un bruit dans le téléphone.

– Médéric, tu es toujours là ? Ton chien, il s'appelle Ferdinand. Il appartient à la S.P.A.

Qu'est-ce que c'est que cette histoire ? J'insiste :

– Tu en es sûr ?

– Sûr. Mais c'est possible qu'il ait été adopté récemment, et que le transfert de propriétaire ne soit pas fait.

Voilà qui est étrange. Enfin... j'ai peut-être une tendance à me monter des romans. Il n'empêche, me dis-je avec sérieux, il y a tout de même eu un meurtre dans le quartier.

– Allô... la S.P.A.? Euh... j'ai trouvé un chien qui est tatoué EAY 636. On me dit qu'il vient de chez vous...

– Voyons... EAY 636... Oui. Il a été adopté samedi, par monsieur Michel Tual, 1 rue Cornillé. Il a dû se sauver, ça arrive.

– Je vous remercie, je vais prendre contact avec ce monsieur.

Je raccroche.
– Tu mens drôlement bien, admire Violaine.
– C'est pour la bonne cause. Eh bien, tu vois, il n'y a pas de problème, le chien est vraiment celui du neveu.
Je suis presque déçu. Violaine a son air songeur. Je crois qu'elle va me sortir une réflexion sur le sens de la vie, mais non, elle décrète :
– Moi, je trouve qu'il y a un problème. Tu prendrais, toi, un chien à la S.P.A., alors que tu pars le lendemain ?
Non. Si je dois partir, j'attends un peu pour aller chercher un chien plutôt que d'avoir à le confier aussitôt.
– Il y a des gens bizarres, dit Violaine en haussant les épaules. Mais enfin, ce n'est pas parce qu'on est bizarre qu'on peut tuer quelqu'un. Si ça se trouve, l'assassin est quelqu'un de pas bizarre du tout. Comme madame Nénette, par exemple.
– Tu soupçonnes madame Nénette ?
– Mais non ! Je dis ça en l'air ! Bon, c'est l'heure, je vais chez Marine. Tu ne veux pas venir avec moi ? J'ai un peu peur. Avec un assassin dans le quartier !
Ma sœur a de grandes qualités, mais elle est trouillarde comme une levrette. Je n'ai pas trop envie de l'emmener : c'est loin chez Marine !
– Un assassin ! Il ne faut peut-être pas exagérer. Le médecin a dit « crise cardiaque ».

– Ah oui ? Et pourquoi l'inspecteur mène-t-il une enquête, alors ?

– On fait toujours comme ça. (Je n'en sais rien du tout.) Et puis, en plein jour, avec du monde partout dans les rues, que veux-tu qu'il t'arrive ?

– Bon, admet Violaine de peur de se montrer vraiment au-dessous de tout.

Puisque le calme est revenu, violoncelle. Reprenons : *Do... mi do... mi si do...*

Cet archet n'accroche pas dans la corde ! Je sors la colophane de son petit sac vert fermé par un élastique, et j'en frotte la mèche avec agacement. Un crin casse. Je regarde l'archet avec des yeux furieux :

– Tu ne me lâches pas maintenant, hein ! Mon examen, c'est vendredi. Pas de temps pour un reméchage !

Il ne répond rien. C'est raisonnable. Quand je suis énervé, il a intérêt à bien se tenir.

Mme Nénette... Je mettrais ma main au feu qu'elle était amoureuse du vieux. Comme elle est veuve, elle comptait peut-être l'épouser... Et alors, quelque chose aurait pu...

Téléphone.

– Oui ?

– C'est moi (ça veut dire maman). Tout va bien ?

– Sans problème.

– Écoute, je serai un peu en retard parce que j'ai une réunion au boulot, et ma chorale juste après. Mangez sans moi.

– Et Papluche, il rentre à quelle heure ?

– Eh bien, comme d'ha... Ah non, il est de permanence jusqu'à minuit... Écoute, j'ai repensé à cette histoire de monsieur Tual. J'aimerais mieux que tu ne sortes pas le chien ce soir.

Tu parles, ça va être facile. Elle va me regarder avec des yeux de merlan frit toute la soirée ! Si je lui propose juste un petit tour au jardin, je vais passer pour un horrible bourreau de chien. Je réponds :

– Tu sais, le soir, ce n'est pas le désert.

– Écoute Médéric, tant que cette affaire n'est pas éclaircie, j'aime mieux que tu t'abstiennes.

– Oui... Bon... Je ne sortirai que si je vois qu'il y a d'autres propriétaires de chiens. Pour ce soir, qu'est-ce qu'on mange ?

– Je ne sais pas, regarde dans le frigo... Une salade de tomates et d'avocats par exemple. Tu arroses d'un peu de jus de citron et d'huile d'olive, pas trop d'huile hein ! L'avocat est déjà un fruit très gras. Tu ajoutes des oignons en rondelles. Le jambon qu'il y a dans le frigo, c'est du jambon à cuire, fais attention. Tu le mets dans une poêle avec un peu de beurre. Pas trop de beurre, hein ! Le beurre cuit, ce n'est pas très bon pour la santé. Surtout ne le fais pas brûler. S'il brûle, tu le jettes.

– Le jambon ?

– Non, le beurre. Au moindre problème, tu m'appelles. Je suis au bureau au moins jusqu'à huit heures. Il faut que je file. Salouche.

– Salchou.

Bon. Je ferai une boîte de cassoulet, ce sera plus simple.

Sept heures et demie. Mais qu'est-ce qu'elle fait ? Le cassoulet commence à attacher ! Sept heures et demie ! Le retard, ce n'est pas son genre. Qu'est-ce qu'elle fait ? Je sais que je répète toujours la même chose, mais je ne trouve rien d'autre. Purée ! C'est bien moi, ça ! J'ai refusé de l'accompagner, par flemme ! Juste par flemme ! Boudiou, s'il lui est arrivé quelque chose, c'est de ma faute ! Rien que de ma faute. Je me donnerais des baffes.

Perdre une petite sœur de neuf ans, c'est horrible...

Huit heures moins le quart. Qu'est-ce qu'il

lui est arrivé ? Marine... Marine comment ? Si je me rappelais le nom de ses parents, je téléphonerais. Bon sang ! Ah c'est fort : je cherche le nom du chien roux et de son propriétaire, et je ne demande même pas à ma sœur le nom de sa copine ! Nul ! Archi-nul !

... Un type s'est arrêté en voiture et il l'a fait monter... Il lui appuie la main sur la bouche pour qu'elle ne crie pas, et il prépare un gros coton de chloroforme...

Huit heures. C'est épouvantable. Que vais-je dire à mes parents ? Violaine est bâillonnée au fond d'une voiture. Une rançon ! Ils veulent peut-être seulement une rançon ! On la versera, on empruntera aux grands-parents, aux amis, à tout le monde, mais qu'ils ne lui fassent pas de mal ! On ne peut pas faire de mal à une adorable petite mouche comme elle !

Je me crispe. La sonnette de l'entrée. Les flics. Ils viennent me dire... Mon Dieu ! Elle s'est fait renverser par une voiture, elle est gravement blessée, à l'hôpital.

D'une main tremblante, j'ouvre la porte. C'est une femme. C'est quelqu'un que je connais... Évidemment que je la connais : c'est ma voisine d'à côté, celle qui me gardait souvent, petit, quand j'étais malade. C'est à peine si je comprends ce qu'elle dit :

– Je viens d'avoir un coup de fil de Violaine. Elle demande que tu raccroches le combiné, parce que tu as dû mal le reposer. Ça fait une heure qu'elle essaie de t'appeler pour te dire qu'elle reste dormir chez Marine. Dis-moi, bonhomme, tu ne te sens pas bien ?

– Si si… Ça va… ça va bien… Merci…

Je referme la porte comme un somnambule… Si si… ça va bien…

Le club de l'heure des chiens

22 heures 30. Je ne me sens pas très bien. Je ne sais pas si c'est à cause de cette histoire de Violaine, mais je n'ai pas franchement envie de sortir. D'ailleurs, je suis sûr qu'il pleut.

Tiens, non, il ne pleut pas.

Il faut se montrer raisonnable, j'ai promis à l'inspecteur de faire le point à l'heure des chiens. C'est facile de promettre quand le soleil brille, moins facile de tenir quand la rue n'est éclairée que par deux réverbères. En plus, passé le tunnel sous la voie ferrée, il n'y a presque plus de lumière.

Il faut se montrer raisonnable.

Et puis il y a Jessie, assise à un mètre de moi et qui m'observe avec une attention maladive.

De temps en temps, elle tourne les yeux vers son coin (entre le canapé et le radiateur). Elle regarde fixement la laisse dont l'enrouleur bleu trône à côté du coussin, puis elle me regarde fixement. Elle a vraiment un don pour vous culpabiliser.

De toute façon, ce soir elle a raison, il faut que je me bouge. Je grince entre mes dents :

– C'est bon, on va y aller.

Elle décolle le haut des oreilles pour mieux entendre, et darde sur moi des yeux brillants. A-t-elle bien saisi ce que je voulais dire par là ? Je ne répète pas, histoire de la tester. Une seconde et demie d'immobilité attentive lui ont suffi : elle se précipite sur sa laisse, puis vers la porte.

Je me lève péniblement et vais mettre mes chaussures, pendant que Jessie balance l'enrouleur bleu d'un côté et de l'autre, sans égard aucun pour les plantes du hall.

– Arrête, Chichinette ! Calme-toi !

Mon ton est sec, et il n'y a pas plus obéissant qu'un chien intéressé : avant la promenade, je pourrais l'obliger à sauter dans un cerceau de feu si je voulais.

Elle pose la laisse à mes pieds, s'assoit. Légers battements de queue du genre « tu-as-vu-comme-je-suis-super-raisonnable ». Je l'attache. En route.

Bon sang, en plus il fait froid. Ou alors je suis malade. Pourvu que j'aie bien calculé l'heure et qu'il y ait du monde ! Aucune envie de me retrouver seul face à l'assassin.

Cela me fait réfléchir que l'assassin pourrait être n'importe qui, pas seulement Mme Nénette, mais aussi n'importe quel autre propriétaire de chiens. Je ne sais rien de leur vie, et l'un d'entre eux connaissait peut-être intimement le vieux. L'un d'entre eux pourrait avoir... Je ne me sens pas très bien... Le mieux, finalement, serait que j'en rencontre plusieurs en même temps.

Il y a peut-être un bon Dieu pour les angoissés : Jessie s'arrête, aux aguets, puis elle fonce pour m'entraîner au bout de la rue.

– Ne tire pas !

Là-bas, il y a Victor, Titan et Judith, avec leurs pères respectifs qui discutent près du pont de chemin de fer. Je pousse un soupir de soulagement.

Il y a aussi une silhouette noire qui passe là-haut, le long de la voie. Je la suis un moment des yeux. Jessie n'y prête pas la moindre attention : les copains d'abord !

C'est Judith qui voit Jessie la première. Judith est une chienne setter irlandais, un peu fofolle, mais sympa comme tout. Son nom commence par un J, comme Jessie, ce qui signifie qu'elles sont nées toutes les deux la même année, et qu'elles ont entre un et deux ans. Question chahut, elles se valent, et quand elles sont ensemble, souffle un vent de folie.

Titan se lève aussi. Titan, avec un T, c'est un vieux, mais il aime encore jouer. Victor grogne. Il n'aime pas que Titan s'approche de Jessie. Chasse gardée. Comme Titan ne tient aucun compte de son avertissement, Victor grogne plus fort, en montrant un peu les crocs. Est-ce qu'il se rend compte, le pauvre, que si Titan le voulait, il l'écraserait en une seconde entre ses dents énormes ?

Heureusement, Titan ne fait aucune attention à Victor. C'est à peine s'il a un regard de pitié pour cette petite chose insignifiante.

Il faut préciser que malgré les agressions verbales de Victor, jamais Titan ne lui dit un mot plus haut que l'autre. Un jour, lassé de le voir collé sur ses talons à aboyer comme un malade, il a tourné la tête et a fait « Wouf ! », même pas très fort, et Victor s'est carapaté à toute la vitesse de ses petites pattes grêles. Pauvre Victor ! Ça ne doit pas être drôle tous les jours d'être plus petit que tout le monde.

D'être plus grand non plus, d'ailleurs, car moi, sous prétexte que je mesure 1 m 82, on me met toujours derrière. En classe, sur les photos, aux spectacles. La plaie.

Pour en revenir aux chiens, on préfère lâcher prise, et on envoie tout le monde jouer dans le champ.

La conversation, évidemment, portait sur le père de Bobby, et on y revient aussitôt qu'on s'est débarrassé des chiens. On entend au loin Victor qui s'époumone derrière Titan. Il est temps de remplir ma mission :

– Justement, dis-je, l'inspecteur Monnier voudrait savoir si l'un de vous a vu monsieur Tual dimanche.

– Dimanche, c'était quel film ? s'informe le père de Judith, le boucher, un grand costaud à moustache.

Je me rappelle bien :

– C'était *Rio Bravo.*

– John Wayne et Angie Dickinson... murmure distraitement M. Victor. Non, il n'était pas là, on en a même parlé, hein ?

Il s'adresse à moi en disant « hein ? » parce qu'il ne sait pas mon nom. Sans doute qu'en son for intérieur, il m'appelle « le frère de Jessie ».

– Je ne l'ai pas vu non plus, dit le boucher.

– Ni moi, ajoute M. Titan.

– J'y ai repensé, remarque le père de Victor, si monsieur Tual était mort d'une crise cardiaque ici même, Bobby aurait été présent.

Tout le monde opine du chef.

– D'un autre côté, reprend le boucher, si nous ne l'avons pas vu dimanche, cela ne signifie pas pour autant qu'il soit mort dimanche.

J'ajoute :

– C'est juste. Dimanche, il avait un autre chien en garde. C'était un peu compliqué de sortir les deux.

Je raconte l'histoire de l'autre chien. Je prends un air détaché, mais je suis plutôt content d'en savoir plus que tout le monde.

Voilà la mère de Nénette, qu'on n'avait pas vue approcher.

– Mon Dieu ! soupire-t-elle avec des larmes dans la voix. Ce pauvre monsieur Tual ! Assassiné ! Qui aurait cru...

J'essaie d'examiner son visage pour voir si elle joue la comédie, mais il fait beaucoup trop sombre.

– Assassiné, proteste le père de Titan, cela reste à prouver !

– Oh ! sanglote Mme Nénette. Crise cardiaque ! Qui peut y croire ? Pouvez-vous me dire ce qu'aurait fait ce pauvre monsieur Tual, tout seul, sans son Bobby ? Il ne venait jamais au champ sans son chien.

Le tout prononcé impeccablement, sans se mélanger les papilles.

– Oh ! (elle renifle) non, croyez-moi, il a été tué, mais pas ici. On y a transporté son corps pour faire croire qu'il est mort pendant la promenade de son chien, seulement il ne promenait pas son chien (elle re-sanglote). Quand l'inspecteur a fouillé dans ses poches, il n'a rien trouvé.

Je regarde fixement Mme Nénette. Que veut-elle dire ? Elle finit :

– Pas le moindre morceau de chocolat.

Bon sang ! Je revois mon jugement sur la grosse femme. Pas idiote la mémé. Le vieux en chaussons ne sortait jamais sans bourrer ses poches de carrés de chocolat qu'il distribuait aux chiens du quartier. Non et non, Tual n'était pas mort en promenant son chien.

Pas idiote et... Bon, je décide sur-le-champ, arbitrairement et unilatéralement, que Mme Nénette n'a pas tué le vieux.

Je ne sais pas si je peux raconter à l'inspecteur cette histoire de chocolat. Ce sont vraiment des détails auxquels ne sont sensibles que les acteurs de l'heure des chiens.

– S'il est vraiment mort d'une crise cardiaque, dit le boucher, personne n'avait de raison de le transporter là. Vous qui êtes médecin, demande-t-il au père de Victor, qu'est-ce qui pourrait ressembler à une crise cardiaque ?

– Seulement étudiant en médecine, corrige l'intéressé. Certains poisons, par exemple. Il faudrait que je recherche dans mes bouquins...

Je tourne la tête brusquement : les chiens sont là. Tous les quatre. Assis calmement sur l'asphalte de la voie sans issue, ils nous observent. Dès qu'ils s'aperçoivent que je les ai vus, ils se lèvent tous comme un seul homme... euh chien, et s'approchent chacun de son maître. Le message est clair : bon, ce n'est pas bientôt fini de bavasser ? Il se fait tard. On a sommeil, nous.

Chacun rattache le sien en silence, et on se salue ; je serre même les mains.

– Moi, c'est Médéric.

– Moi, c'est Christophe, dit l'étudiant en médecine.

– Bernard, dit le boucher.

– Jean-Paul, dit le père de Titan.

– ... Monique, finit Mme Nénette.

Malgré la nuit, j'ai l'impression qu'elle a rougi un peu. Je crois qu'elle avait pensé dire « Mme Untel » mais qu'elle n'a pas osé.

La vie est bizarre. Voilà que soudain, à cause d'un mort, nous avons presque l'impression d'être amis.

Jessie marche la tête bien haute, le poitrail redressé. Je parie qu'elle rapporte encore quelque chose dans sa bouche ! Pas une pomme de pin (elle aurait la gueule entrouverte), pas un papier de confiserie (il dépasserait). Je verrai ça à la maison.

Les clés ne sont pas faites pour les chiens

– Donne, Poupounette. Allez… donne ce que tu as dans la bouche !

Elle résiste. Elle s'approche tout de même de moi, le corps en demi-lune, comme si son train arrière voulait avancer, mais que ses pattes de devant n'étaient pas d'accord. C'est sa manière d'accepter à contrecœur, et seulement si on insiste vraiment.

– Ouvre la bouche… Allez, Poupoune, ouvre la bouche !

Je glisse mes doigts entre les énormes dents du fond à l'endroit où il y a un petit espace entre les mâchoires. C'est toujours par là que je la prends en traître. Je chatouille un peu la langue, je glisse mon doigt vers l'avant.

… Bon, d'accord… si tu y tiens, dit-elle.

Et elle entrouvre, imperceptiblement, pour ne pas avoir l'air de céder totalement. Elle s'arrange quand même pour que je puisse juste attraper l'objet. Aussitôt qu'il est dans ma main, elle fait semblant de vouloir le reprendre, mais c'est seulement pour donner le change : sa fierté est en jeu.

C'est un objet long et métallique. Une tige cylindrique. Une clé ! Une clé tout ordinaire, mais assez grosse, comme on les faisait autrefois (elle ressemble à celle de la porte du hangar à bateaux, là où j'ai fait mon stage de voile l'an dernier).

– Poubelle. Bon, moi je vais me coucher. Toi, tu attends maman si tu veux... Tu attends maman ou tu vas te coucher ?

Elle m'écoute attentivement.

– Tu attends maman ?

Elle monte sur son pouf favori et s'y laisse tomber en poussant un profond soupir. C'est décidé : elle attend ma mère (sa mère).

J'éteins. Je monte dans ma chambre.

Je peux la laisser sans crainte : Jessie s'est bien assagie, elle ne touchera à rien. Il n'y a que dans la salle de bains, son fief, qu'elle se permet encore, certaines nuits d'insomnie, de grignoucher un coin de serviette.

Moule ! Il y a une mouche dans ma chambre. Mouche, il y a une moule. Je déteste les vrombissements mouchiques (!), le soir au fond du lit. Je me lève, j'éteins ma lumière, j'ouvre la porte de ma chambre, j'allume dans le couloir. Imparable. Cette idiote de mouche se fait avoir : elle fonce vers la lumière du couloir. Je referme ma porte en vitesse, je me recouche. Où en étais-je ?... Ah oui, je me disais que la pilouchette ne ferait aucune bêtise en bas en attendant maman. Elle va bien finir par être définitivement raisonnable !

Pfff... raisonnable... !

Je me rappelle son arrivée à la maison. Elle n'était pas du tout impressionnée, et très contente qu'il y ait du monde pour chahuter. Nous aussi on était contents qu'elle soit là, tellement contents qu'on s'est demandé comment on avait pu se passer de chien si longtemps.

Il faut dire qu'après la mort de Sultan, il était impossible de reprendre tout de suite un chien, on aurait eu l'impression de le remplacer, comme un bol cassé. Un chien, ça ne se remplace pas. C'est vrai, on peut en avoir un autre ensuite, et qu'on aime aussi, mais il reste « un autre ». Et pour que cet autre trouve sa vraie place, il faut laisser passer un peu de temps, que la douleur se soit atténuée.

Après la mort de Sultan, pendant des jours, des semaines, on avait une hésitation avant de jeter les croûtes de fromage et les fonds de plats, et ces quelques débris dans la poubelle nous étaient un crève-cœur. On gardait l'habitude de ne pas refermer immédiatement une porte derrière soi, on avait une seconde d'attente... mais il ne suivait pas.

C'est le vide qui est le plus dur à supporter. Il n'était pas sur nos talons dans l'escalier, pas le nez dans la caisse à jouets avec nous, pas à nous guetter par la fenêtre, pas à nous regarder jouer aux cartes. Il n'était plus là, il fallait s'y résoudre.

Et puis, à un moment, on a pensé que c'était vraiment trop triste de ne trouver personne derrière la porte qu'on ouvre, personne pour nous faire des joies, personne pour nous quémander un petit morceau de gâteau. La maison était trop vide. Alors, l'idée de reprendre un chien a commencé à s'installer.

– Pas de la même race, avait dit ma mère, pas un autre flat. On aurait peut-être tendance à comparer les deux.

– Pas un petit chien, avait dit mon père. Ça gueule tout le temps.

– Un chien qui n'aboie pas quand quelqu'un sonne à la porte, avait ajouté Violaine.

– Un chien qui n'aboie pas si quelqu'un rentre la nuit.

Il faut dire qu'on a beaucoup d'amis qui, lorsqu'ils viennent à un spectacle en ville, logent à la maison et ne rentrent souvent qu'au milieu de la nuit.

– Quoi ? s'était indignée ma grand-tante. Mais un chien doit garder la maison, non ?

– Tu sais, avait raisonné maman, si quelqu'un rentre la nuit, les chances pour que ce soit un voleur plutôt qu'un ami sont absolument minimes. Alors, il faut faire un choix.

– Et puis, avait ajouté mon père pour rassurer tante Suzanne, si la personne qui rentre a de mauvaises intentions, le chien le sent.

On avait continué :

– Un chien super-sympa.

– Un chien de chasse anglais, comme Sultan, mais d'une autre race...

On en revient à nos premières amours.

– Un chien noir, les poils se voient moins sur les vêtements.

Un chien de chasse anglais, noir, c'est soit un setter gordon, soit un flat coated (exclu), soit un labrador.

Un setter gordon, c'est génial mais assez difficile à trouver dans notre région. Donc un labrador.

Ce fut Jessie.

– Une femelle, avait dit maman, c'est moins fugueur, pas bagarreur, et c'est sûrement plus sage.

Pour ce dernier point, elle se plantait complètement. Jessie a été le plus insupportable de nos trois chiots successifs (le premier était un setter anglais qui est mort quand j'avais quatre ans, je ne parle donc que par ouï-dire de la période où il était jeune).

Jessie était la reine des mordilleuses. À son palmarès, de nombreux torchons déchiquetés, des chaussettes, deux coussins, un couvre-lit, ma robe de chambre, le rasoir électrique de mon père, le nounours en peluche de Violaine, quelques chaussures et autres babioles. Sans parler des trous dans le jardin. On a renouvelé beaucoup de matériel entre ses deux et ses huit mois. Ensuite, elle s'est un peu calmée. Il y a quand même eu mon vieil archet (elle n'a vu aucune différence avec un bout de bois) et un micro de guitare. Je ne compte pas une serviette de toilette de temps en temps, mais juste un coin suçoté. Si elle couche dans la salle de bains, c'est bien parce que c'est l'endroit de la maison où il y a le moins de bêtises à faire.

Je me réveille en sursaut au milieu de la nuit : la clé, pourquoi l'avoir jetée ? C'est idiot ! C'est même imbécile, niais, stupide, absurde. Quelqu'un pourrait très bien être à sa recherche. Il n'y a peut-être pas si longtemps qu'elle a été perdue !

Je me lève. Demain, mercredi, jour des poubelles. Pourvu que ma mère ait oublié qu'on est mardi soir et n'ait pas jeté le sac !

Dans un demi-sommeil, j'attrape ma robe de

chambre. Au radar, je descends l'escalier. Cuisine. Poubelle. La poisse ! Le sac a été jeté.

J'hésite. Dehors, les lampadaires sont éteints. Quel niosse ! Jeter une clé, je vous demande... Oh puis zut ! C'est une vieille clé sans intérêt. Je vais me recoucher.

Quand même, j'ai des remords. Les remords, c'est terrible. Un principe de maman : il vaut toujours mieux faire ce qui ne nous donnera ni remords ni regrets. Aller me recoucher, c'est le remords assuré.

J'ouvre silencieusement la porte d'entrée. Purée ! Il fait noir ! Je prends une lampe de poche. Je ne l'allume pas tout de suite, je scrute la nuit avec méfiance.

Le container à ordures est là, contre le mur. Je soulève le couvercle. Il n'y a que trois sacs de plastique. En toute logique, la clé est dans celui du dessus.

Baaah... des pelures de pommes de terre, avec du marc de café, la boîte de cassoulet. Je braque ma lampe. La clé est dedans !

Ouf ! Je referme le tout, j'éteins ma lampe, je jette un regard soupçonneux à droite et à gauche, je me précipite dans la maison et je ferme la porte, le cœur battant.

J'ai claqué peut-être un peu fort, mais tout le monde est habitué à ce que quelqu'un rentre la nuit, personne ne se réveille plus au bruit de la porte.

Impossible de fermer l'œil. Un assassin dans le quartier, et une mystérieuse clé. Demain, j'appelle l'inspecteur : on ne sait jamais, c'est peut-être un indice. Si ça se trouve, c'est la clé de M. Tual ! Ou même la clé de l'assassin !

Je suis réveillé par les oiseaux dans le jardin. Quels em... mouleurs ! Il ne fait même pas jour. Je remarque que c'est la première fois que je les entends. C'est signe qu'on est au printemps. Évidemment ! Fin avril, on y est en plein. Ma réflexion philosophique est de haut niveau.

Je ne serai jamais prêt pour mon exam de violoncelle... O.K., ça ne sert à rien de le redire tous les jours. Il vaudrait mieux que je prenne la ferme résolution d'en jouer au moins deux heures ce matin. On verra ça tout à l'heure.

Tiens ! Le jour s'est levé. Sept heures et demie. Un peu tôt, mais je ne peux plus dormir, j'ai hâte de téléphoner à Monnier.

Ma mère est dans la cuisine. Elle n'a même pas ouvert la porte de la salle de bains à Jessie. J'y vais.

– Salpomme, ma pilouchette !

Elle a un drôle d'air. Pris d'un pressentiment, je jette un coup d'œil dans la pièce.

– Quoi ! Tu as encore déchiqueté une éponge ? Qu'est-ce que c'est que ça ?

Jessie fait une retraite stratégique vers la cuisine, où ma mère, qui ne sait encore rien, l'accueille avec affection.

Je me pointe, l'éponge bien en évidence entre le pouce et l'index. Jessie rentre la tête dans les épaules. Rapporteur !

– Comment, s'indigne maman, tu as encore fait des bêtises ?

« Bêtise » est un mot horrible. Les oreilles plaquées en arrière, la queue basse, les fesses rasant le sol, Jessie file vers le bureau de la pièce d'à côté et se glisse dessous. Elle n'y est plus pour personne. Une chienne insupportable ? Où çà ?

Au bout de quelques secondes, elle coule un regard discret vers nous, pour voir où en est la situation.

– Vilaine ! lance maman sévèrement.

Jessie se rencogne dans son trou. Si elle pouvait disparaître entre le mur et la tapisserie, ce serait formidable. Je suis sûr que, d'un coup, elle se trouve beaucoup trop grosse.

On ne la regarde plus. Une voyouse pareille ne mérite aucune attention.

– Tout s'est bien passé hier au soir ? demande ma mère.

– Oui... euh... Violaine est restée dormir chez Marine.

– Ah bon ! Tu aurais pu me laisser un mot. Si par hasard j'étais allée voir dans sa chambre...

– Bof ! Tu ne te serais pas inquiétée.

Ma mère met ses poings sur les hanches.

– Je SUIS allée dans la chambre de Violaine, et j'ai VU qu'elle n'était pas là, et je me SUIS inquié... Bon, j'ai bien pensé qu'elle dormait chez Marine, puisque je lui avais dit le matin qu'elle pouvait le faire si elle voulait. Mais tout de même... (Elle hoche la tête avec véhémence.) Tu veux de la confiture de fraises ou d'abricots ?

– Je n'ai pas faim. Plus que deux jours avant mon exam au conservatoire et je ne suis pas prêt du tout.

– Comment ça, deux jours ?

– Oui, c'est le 3.

– Vendredi ? Tu as examen pendant les vacances ? Qu'est-ce que c'est que cette histoire ?

C'est vrai. Tout à coup, ça me paraît bizarre. Je cours chercher la convocation... Aucun doute, hélas ! Je la tends à ma mère. Elle lit :

– 3... jeudi 3 mai...

– Jeudi ?

– Attends attends... Il est écrit jeudi 3, et le 3 n'est pas un jeudi. Tiens ! Regarde, le chiffre est mal imprimé : c'est forcément jeudi 9 !

Ah ! Pour une bonne nouvelle, c'est une bonne nouvelle. Il y a quelque chose dans ma poitrine qui se libère. Du coup, je me fais un grand bol de chocolat.

J'aperçois, dans mon champ de vision latéral, la choupette qui sort de son trou en rampant presque et qui se cache derrière le mur de séparation des deux pièces. Je vois le bout de son museau qui avance. Je vois son œil... il lance un regard timide. Je fais celui qui ne remarque rien.

– Ne t'occupe pas d'elle, souffle maman. Il faut quand même marquer le coup. Flûte, alors ! Quand est-ce qu'elle va cesser de faire des bêtises ? Elle a presque seize mois !... Aïe, il est déjà cette heure-là ? Je vais m'habiller.

Ma mère sort de la cuisine d'un air très digne, sans un regard pour l'Affreuse. Je vois de nouveau le museau qui se pointe. Je m'en fiche. Je lis le journal. Tiens, pourquoi n'y a-t-il que cette feuille de chou de petites annonces ? Je jette un coup d'œil à la rubrique « Chiens ». C'est un automatisme chez moi. Voyons... des labradors à vendre. Des caniches. Des bouviers bernois. Des épagneuls. Bon. Une poupoune, ça nous suffit.

– Allô ! Est-ce que je pourrais parler à l'inspecteur Monnier ? (Un silence.)

– L'inspecteur Monnier ? Mais on est le premier mai...

Le premier mai ! C'est pour ça qu'il n'y a pas le journal habituel et que maman est à la maison !

– Ah vous avez de la chance, poursuit la voix, je m'aperçois que c'est lui qui est de permanence. Attendez, je vous passe son bureau.

– Inspecteur ? Oui, je voulais vous signaler que ma chienne a trouvé une clé dans le champ où monsieur Tual a été ass... euh... découvert. Mais il est possible que cela n'ait pas de rapport... Oui, je vous l'apporterai... Pour les propriétaires de chiens ? Non, personne n'a vu monsieur Tual dimanche soir.

Le téléphone dans la main droite, je tends la main gauche vers la poignée de la porte qui donne sur le jardin. Tout en parlant, j'ouvre. Jessie a toujours envie de sortir justement quand on est occupé au téléphone !

– Dis-moi, reprend l'inspecteur pendant ce temps-là, toi qui connais bien les chiens du quartier, tu pourras peut-être me renseigner : j'ai reçu un coup de fil anonyme d'un homme qui dit avoir été attaqué par un chien le long de la voie ferrée. Un grand setter roux.

– Un setter irlandais ?

– Sans doute... Tu le connais ?

– C'est une blague. On vous a fait une blague.

– Comment ça ?

– Vous avez déjà vu un setter irlandais attaquer quelqu'un, vous ?

– Ma foi... Tu veux dire que ça te paraît impossible ?

– Très peu probable, en tout cas. Qu'un setter lui ait sauté dessus pour lui lécher la figure, peut-être, mais une attaque, non. Ou alors, un chien malade...

– Il y a un setter irlandais dans ton quartier ?

– Il y en a un, mais je vous répète que c'est sûrement une blague. Un setter irlandais est un chien d'arrêt.

– Ah ! lâche l'inspecteur d'un ton dubitatif.

Il faut expliquer ?

– Cela signifie que, lorsqu'il voit un gibier, il prend l'arrêt : immobile, une patte levée. Vous voyez ?

– Je vois très bien la scène, mais j'ai un peu de mal à suivre ton raisonnement.

– Je veux dire : il ne bondit pas sur le gibier. Ce n'est pas dans son caractère. Un chien d'arrêt qui sauterait à la gorge de quelqu'un, ce serait vraiment un cas.

– Bon, bon, je te crois. C'est toi le spécialiste des chiens. Alors de deux choses l'une : ou l'homme a vraiment été attaqué et s'est trompé sur la race du chien, ou il m'a raconté des histoires.

– Et ce serait quelqu'un qui n'y connaît rien et qui n'a pas su inventer une race plausible. Il aurait nommé une race de chiens de garde par exemple, cela aurait été moins invraisemblable. Mais pourquoi vous aurait-on fait cette blague, juste en ce moment ?

– J'ai mon idée. Cela pourrait être quelqu'un qui voudrait donner à croire que monsieur Tual est mort de peur dans le champ, après avoir été attaqué par un chien.

Qui hérite ?

– Millepertuis ! lance Violaine. J'ai fait une bêtise !

Ne me demandez pas pourquoi, « millepertuis » est son juron favori.

Au mot de « bêtise », Jessie aplatit ses oreilles. L'extrémité de sa queue s'agite de toutes petites pulsations angoissées. Elle est en attente. Puis, réflexion faite, elle se détend : elle ne se souvient d'aucune gaffe récente.

– Mais non, ce n'est pas toi, Griffonnette, rassure ma petite sœur. C'est moi qui ai fait couler de la peinture bleue sur le jaune du soleil. Et voilà, tout est raté !

Je m'informe :

– Qu'est-ce que tu dessines ?

– Le champ. Avec un homme allongé dedans. Il est mort.

– Eh bien dis donc, c'est gai !

– Je représente seulement le réel.

Le réel. C'est tout Violaine, ça.

– Je vais dessiner Judith, et Victor, et Titan...

– Tu peux en ajouter un autre...

– Qui ?

– Un berger allemand. Il y en a un qui passe dans la rue. Je n'aime pas beaucoup.

– Tu n'aimes pas les bergers allemands ?

– Ça dépend lesquels. Je m'en méfie. Et des maîtres aussi. Celui-là...

Ma sœur se lève et vient me rejoindre à la fenêtre. L'homme qui passe est jeune, avec le crâne rasé. Il tient son chien très court. Il marche la tête dressée, comme s'il avait avalé un ressort. Sans doute pour regarder tout le monde de plus haut ; une presbytie de l'esprit. C'est sa manière d'arborer son crâne rasé qui me met mal à l'aise.

– Un homme inquiétant, une clé mystérieuse, un meurtre. Je crois que je tiens un nouveau roman, murmure Violaine d'un air de conspirateur.

Elle a déjà commencé une foule de romans, mais au bout de dix pages, elle n'en peut plus. Son bureau est un vrai recueil d'œuvres inachevées.

– Tu me diras si tu apprends quelque chose, hein ?

Je promets. Je suis incapable d'écrire deux pages d'une quelconque œuvre d'imagination, mais je suis volontaire pour soutenir un écrivain en herbe.

Avoir des nouvelles de l'enquête, je le voudrais bien, mais comment faire ? Quand je suis passé au commissariat pour déposer la clé, l'inspecteur n'était pas là et j'ai dû la laisser au concierge. Je ne peux tout de même pas téléphoner sans raison... Tiens, ou alors peut-être pour lui demander si on lui a bien remis la clé. C'est une raison valable, ça, non ? Je vais vers le téléphone.

Non... J'hésite. D'ailleurs j'ai un peu mal à la gorge, j'ai dû prendre froid hier soir. Comme il n'est pas encore l'heure que j'aille chercher Bobby, j'ai le temps de pousser jusqu'à l'épicerie pour m'acheter des citrons (la seule chose qui puisse enrayer une angine). J'emmène Jessie pour un petit exercice de marche-en-ville.

L'apprentissage, c'est exténuant. Surtout pour les maîtres... J'entends les maîtres de chiens-qui-s'intéressent-à-tout. « Ne tire pas, Jessie, reste à mes pieds, Jessie. » Épuisant. Et pour un résultat extrêmement médiocre. Jessie veut bien s'exécuter, mais durant quelques secondes seulement. Ensuite, son pas s'allonge, ses pattes l'entraînent malgré elle, et elle se retrouve trois mètres devant, à me mener un train d'enfer.

À l'épicerie par contre, aucun problème : elle reste à la porte, si consciente de la confiance que je lui fais en la laissant seule qu'elle ne bouge pas d'un poil.

Le retour : un rêve. Je lui donne le sac de citrons à porter dans sa gueule, et sa fierté est telle qu'elle marche la tête haute, impeccablement à mes pieds. Je n'ai même pas besoin de toucher à la laisse. Finalement, cette Pilouchette, ce qu'il lui faut, c'est des responsabilités.

15 heures. Jessie et les citrons à la maison, il me reste à récupérer Bobby. Il suffit de traverser la rue et je sonne chez Mme Leroyer.

J'attends un bon moment, je sonne de nouveau. Rien.

Mince ! Pourvu qu'elle ne se soit pas fait assassiner aussi ! À moins qu'elle ne soit l'assassin et que quelqu'un ne se soit vengé d'elle à son tour... Et si elle savait quelque chose, et qu'on avait voulu la faire taire ?

Aaah... je me sens comme des bouffées de chaleur. Voyons, un peu de courage. Je vais essayer de passer par le jardin.

Voilà Bobby qui se précipite vers moi.

– Ah ! lance Mme Leroyer qui arrive derrière, te voilà ! J'avais peur que tu n'oublies. Tu sais, cela me fait un peu mal au cœur de partir en voyage, cette fois-ci. Je veux dire, maintenant que j'ai un chien. Il est doux, celui-là, et intelligent, et tout. Moi qui ai toujours hésité à adopter une bête ! Quel retard j'ai pris dans ma vie ! Bien sûr, le pauvre Bobby, il passe son temps à regarder dans le jardin de son maître par un trou dans la haie, là-bas au bout. Mais il finira bien par s'habituer.

Je pousse un soupir de soulagement.

– Est-ce qu'il mange ?

– Pas du tout. J'espère que chez toi cela ira mieux... Il n'empêche que j'ai hâte de revenir, je vais m'inquiéter tout le temps pour lui.

Je remarque :

– Vous ne partez que pour trois jours. Vous allez loin ?

– Je vais à Lourdes pour le pèlerinage diocésain.

Elle dit cela comme un secret merveilleux. Enfin... un voyage à Lourdes ne peut pas lui faire de mal.

– C'est rapport à mes rhumatismes.

Je ne saisis pas bien : elle espère que le climat est meilleur là-bas ?

– On voit de ces miracles, parfois... continue-t-elle.

Je caresse Bobby pour m'éviter de répondre, mais ça m'étonnerait que Dieu s'occupe des rhumatismes de Mme Leroyer, ou alors il faut vraiment qu'il s'ennuie.

– Ah ! s'exclame la vieille dame, le voilà !

Qui ? Dieu ? Je regarde avec elle par-dessus le mur, et je vois l'inspecteur Monnier en personne.

– Inspecteur ! crie Mme Leroyer, vous avez trouvé ?

Monnier me fait un petit signe de la main.

– Non, dit-il, ce n'est pas cela.

Il me montre la clé et ajoute :

– Cette clé n'ouvre aucune porte de cette maison.

– Je vous l'avais dit, commente la dame, monsieur Tual ne fermait jamais, alors il n'avait aucune raison d'avoir cette clé dans sa poche. Mais moi, maintenant, je ferme, et à double tour ! Pensez donc, une pareille affaire ! Est-ce qu'on sait quand il est mort ?

– Pas encore. Mais j'ai quelques indications. Il était vivant dimanche en fin d'après-midi.

Mme Leroyer pousse un gros soupir :

– Et il ne serait pas venu à la réunion… ?

Je suis un peu intrigué :

– Quelqu'un l'a vu dimanche en fin d'après-midi ?

– Sa sœur lui a téléphoné.

– Eh bien ! note Mme Leroyer, elle ne manque pas de toupet, celle-là... Et tout allait bien ?

– À vrai dire, elle n'en sait rien. Son frère a décroché, mais il n'a pas répondu, ce qui arrive souvent, paraît-il : il est fâché avec elle pour une histoire d'héritage.

Je sais ce que c'est. Dans la famille d'Adrien, c'est pareil. Pour deux pots de fleurs et trois coussins brodés, dont on se fiche en réalité éperdument, on se dit des mots irréparables.

– Bien fait ! conclut la vieille dame. Une garce, cette sœur. Elle a pris tout ce qui venait des parents. Il n'a presque rien eu. En tout cas, je suis sûre d'une chose : ce n'est pas elle qui héritera de lui.

Elle suspend un moment son bavardage et demande :

– Au fait, qui hérite ?

– Le fils de son frère, son neveu Michel.

Je lance un coup d'œil à l'inspecteur.

– Je te vois venir, Médéric ! annonce-t-il en riant. Mais, à cause du coup de téléphone, Michel est hors de cause. Il est parti dimanche matin pour sa maison de campagne, où il avait une cinquantaine d'invités, et n'est pas rentré chez lui. Il est allé directement à l'usine lundi, il y a des tas de témoins. Lundi soir, il avait une réunion, ce qui fait qu'il n'est venu reprendre le chien que mardi.

Il était allé à sa maison de campagne sans emmener son chien ! Débile, ce mec !

Bobby se frotte contre moi. Je demande :

– Inspecteur, est-ce que je peux passer chez monsieur Tual pour prendre la nourriture de Bobby et sa gamelle ? Il mangera peut-être mieux s'il garde ses habitudes.

– Viens donc. C'est toi, l'expert en chiens.

Ce n'est pas la première fois que l'inspecteur me fait une remarque de ce genre. Moi, je ne m'étais jamais rendu compte que je savais tant de choses.

Je suis là, dans le jardin du vieux. Bobby est comme un fou, il veut rentrer dans la maison. De sa patte droite, il appuie avec véhémence sur la poignée de la porte. Il ne comprend pas qu'elle résiste.

Je le raisonne :

– Mais non, il n'y a personne.

Il me regarde d'un drôle d'air puis, d'un pas hésitant, redescend du perron.

– C'est marrant, dit l'inspecteur, on dirait qu'il a compris.

Je confirme :

– Il a compris.

Puis j'attaque :
– Vous avez trouvé quelque chose de nouveau ?
– Pas grand-chose. Tant qu'on n'a pas les résultats de l'autopsie... Et puis, s'il a été tué, où a-t-il été tué ? Dans la maison, il n'y a aucun signe particulier de désordre. On n'a rien volé, apparemment. Dommage pour ta théorie, mais une crise cardiaque dans le champ me paraît plausible.
– J'en ai parlé avec les autres, personne ne pense que Tual pouvait être dans le champ sans Bobby.
– Ce que pensent les gens... soupire l'inspecteur avec un geste fataliste.
Son ton me vexe un peu. J'insiste :
– Tout le monde est du même avis que moi : s'il était mort d'une crise cardiaque là-bas, Bobby serait resté avec lui. Il aurait pleuré, gémi, hurlé à la mort, peut-être. Enfin, on l'aurait entendu.
L'inspecteur me regarde d'un drôle d'air :
– Tu as l'air de penser que tous les chiens agissent de la même façon. Imagine qu'il soit simplement rentré chez lui. Tu l'as vu, il sait ouvrir la porte, et peut-être aussi la refermer. Tout n'est que suppositions, on n'a pas de preuves.
– Et le chocolat ?

Zut ! Je m'étais juré de ne pas parler du chocolat. Il va se moquer de moi.

– Quel chocolat ?

Là, je suis obligé de raconter. Pas de promenade avec Bobby sans chocolat dans la poche. Donc pas de Bobby. Donc pas de promenade.

L'inspecteur ne me rit pas au nez. Le chocolat a même l'air de le convaincre beaucoup plus que les hurlements à la mort. Enfin, il secoue la tête et déclare :

– Si on n'est pas membre de la communauté de l'heure des chiens, il est difficile de mener une enquête.

Il a un petit sourire en coin, mais je crois qu'il pense en grande partie ce qu'il dit. Il ajoute que j'ai gagné, et qu'il va finalement demander une autopsie un peu poussée. J'ai l'impression qu'il a de l'affection pour moi, et moi, je l'aime bien aussi.

Il secoue encore la tête :

– Tu me fais penser à mon fils. Lui, je ne le vois pas souvent.

– Il n'habite pas avec vous ?

– Non. Avec sa mère. Au Sénégal. Elle enseigne le français au lycée de Dakar.

– C'est pour ça que vous ne le voyez pas souvent.

– Une fois par an. C'est peu. Très peu. À chaque fois, c'est comme si je refaisais connaissance avec un étranger... Mais je ne vais pas pleurer sur ma vie, n'est-ce pas ! Il faut s'adapter au mieux à des situations qu'on ne choisit pas toujours.

Je ne sais pas pourquoi, son : « situations qu'on ne choisit pas toujours » me laisse une impression désagréable. Et, devant mes yeux, passe l'image de la silhouette solitaire qui hante la voie ferrée.

Attention, chien méchant

Bobby ne possède pas de laisse. On a beau chercher dans ses différents coins de vie, on ne voit rien. Cela ne m'étonne finalement pas : son maître le promenait toujours en liberté. C'est vrai qu'il n'avait aucune crainte à avoir, car Bobby ne quittait jamais ses pieds, sauf dans le champ où il allait courir un peu, comme les autres. Pas de risque que Bobby traverse soudainement la rue, même s'il y a une belle petite chienne de l'autre côté. Il est vieux et raisonnable. J'ignore son âge, car le B de son nom n'est pas une indication : Bobby n'étant pas un chien de race, n'étant pas inscrit au L.O.F.[1], son maître était tout à fait libre de lui donner n'importe quel nom.

1. Livre des Origines Français, réservé à l'inscription des chiens à pedigree.

Donc, pas de laisse. Ça ne m'arrange pas, parce que moi, Bobby ne me suivra peut-être pas les yeux fermés. Déjà, on a eu du mal à l'installer chez Mme Leroyer. Je ne sais pas s'il comprend que son maître est mort, j'espère qu'il ne croit pas qu'il l'a abandonné : ce serait terrible pour lui.

– Viens, Bobby.

Le chien regarde la maison d'un air malheureux, puis il me regarde. Les chiens ne savent rien dissimuler, on voit sur leur figure tout ce qu'ils pensent.

Je tape un peu sur ma cuisse, deux petits claquements :

– Viens avec moi, Bobby. Ton maître n'est pas là.

Encore un regard vers la maison, puis Bobby s'avance vers moi. J'ouvre la barrière du jardin, il me suit. Tout va bien. Je garde la main sur sa tête, pour ne pas avoir l'air de le contraindre, et pour pouvoir réagir tout de suite s'il voulait s'échapper.

Mais il ne veut pas s'échapper. Nous sortons ensemble dans la rue. Il ne se retourne pas. Nous longeons les maisons du boulevard, puis nous tournons à l'angle de ma rue. Bobby connaît le chemin : c'est celui qui mène au champ.

Il s'arrête soudain et grogne un peu. Je lève la tête : à l'entrée du terrain de tennis qui jouxte ma maison, il y a un chien. Le berger allemand. Celui que j'ai vu par la fenêtre.

Le berger se dresse sur ses pattes, comme s'il allait se jeter sur Bobby. Bobby se hérisse, montre les dents. Mon cœur s'arrête. Pourvu que les deux chiens n'aillent pas se battre ! Je saisis Bobby par le collier pour le retenir. Heureusement, le maître de l'autre est là. Il dit un mot à son chien, sans faire un geste. Le maître ne m'inspire aucune confiance, mais j'espère qu'il ne va pas laisser son chien sauter sur Bobby.

Les mâles, c'est terrible. Surtout deux mâles de même taille. On dirait qu'ils sont toujours en compétition et qu'ils veulent tout le temps prouver qu'ils sont les plus forts. J'ai peur que chez les hommes, ce ne soit un peu pareil. C'est bien rare que les filles se battent, mais les garçons ! (Sauf moi. Je ne me suis jamais battu avec personne. Enfin... juste un coup de poing à ce crétin de Fabrice.)

Ma mère dit que si les chefs d'État étaient des femmes, il y aurait certainement beaucoup moins de guerres. Je ne sais pas si c'est vrai. En tout cas, pour les chiens, c'est vrai : on dirait qu'un mâle a franchement des difficultés à admettre la présence d'autres mâles. Je sais qu'un gentil chien comme Bobby n'agressera pas mais, s'il se fait attaquer, il ne se laissera pas faire. Ça m'inquiète.

Les deux chiens se fixent, babines retroussées. C'est terrible. C'est terrible de voir les crocs d'un chien aussi inoffensif que Bobby. Il attend, sur la défensive. Il espère que la vue de ses crocs dissuadera l'autre.

Quelques secondes passent, d'une tension intolérable. Puis le gars au crâne rasé lâche :

– Dégage avec ton chien, sinon, on n'en fait qu'une bouchée.

Sidérant. Quel pauvre type ! Le monde est à lui, les autres n'ont qu'à se planquer.

Tenant toujours Bobby par le collier, je passe, le cœur battant, le plus loin possible des deux fauves, maître et chien. Le crâne rasé dit entre ses dents :

– Pas bouger.

On sent que le berger fait des efforts pour se contrôler. C'est là que je me surprends à espérer que le chien obéisse aveuglément.

Je suis passé. Je rentre dans la maison, tenant toujours Bobby d'une main et le sac contenant ses affaires de l'autre. Je referme la porte avec un soupir de soulagement.

Jessica n'en croit pas ses yeux. Elle bondit vers Bobby... mais Bobby reste curieusement assis près de moi, la tête un peu penchée. Il veut dire qu'il n'a pas envie de jouer. Il avance quand même un peu la tête vers la chienne et lui frotte le côté du museau.

Jessie s'aplatit sur ses pattes avant, le derrière en l'air, et elle agite gaiement la queue. Ça, ça veut dire :

« Tu viens jouer ? ».

Bobby détourne légèrement la tête, tout en gardant les yeux sur elle, ce qui signifie :

« Non, s'il te plaît, je n'ai pas le cœur à ça. »

Jessie se relève, un peu dépitée.

« Viens ! » insiste-t-elle en se plaçant à côté de lui, épaule contre épaule.

Bobby se lève lentement, et il l'accompagne. Je leur ouvre la porte qui donne sur le jardin. Ils trottinent ensemble jusqu'à la pelouse. Là, Bobby s'assoit, puis s'allonge lourdement, comme un très vieux chien.

Jessie le renifle. Décidément, il n'y a rien à faire pour le dérider. Tant pis. Elle s'allonge en face de lui en poussant un petit soupir, puis elle pose la tête sur les pattes, bien dans l'axe du corps, comme quand elle surveille tout et qu'elle est prête à saisir la moindre occasion de bouger. Mais rien ne se profile. Elle soupire de nouveau, puis pose sa tête en biais : aucun espoir !

Bon, je vais aller chercher le panier de Bobby chez Mme Leroyer, son nid à lui. C'est important de lui garder le plus possible son cadre de vie.

J'entrouvre la porte d'entrée et je jette un coup d'œil du côté du terrain de tennis : le berger n'est plus là. J'aime mieux ça.

Mais à peine ai-je refermé la porte que j'entends :

– Attaque !

Un souffle. La main crispée sur la poignée de la porte, je m'immobilise. Un souffle de chien. L'animal est sur moi. Il bondit. J'ouvre la bouche pour crier, mais aucun son ne sort.

– Stop !

C'est la voix du maître. Le chien se laisse retomber. Ma main tremble sur la poignée. Je me sens tout malade, j'ai l'impression que je ne peux plus reprendre ma respiration.

Le crâne rasé rigole. Il lance, sec :

– Au pied.

Puis :

– Assis.

Puis :

– Couché.

Le chien obéit avec rigueur.

– Assis. Prépare-toi.

Le chien s'arc-boute de nouveau sur ses pattes avant. Il va encore attaquer, ce con !

– Couché !

Ouf ! C'était juste une démonstration. Pauvre type ! Il se sent fort parce qu'il a de l'autorité sur son chien !

– File ! dit le gars avec un mouvement de tête pour m'indiquer le large.

J'ai envie de lui rentrer dans le lard. Mais

j'aurais le dessous, sans compter sa bête fauve. Je m'en vais. Je suis révolté au plus profond de moi-même. Je ne supporte pas l'injustice, celle de la loi du plus fort.

Je m'en veux, je m'en veux, je m'en veux d'être parti lâchement. J'aurais dû... Quoi faire ? Attaquer à moi tout seul deux bêtes sauvages ? La fureur me ronge. J'ai envie de casser quelque chose.

Pauvre type !

Transformer un chien intelligent en chien conditionné, obtenir de lui qu'il ne réfléchisse plus. Quel bonheur ! Quel pied ! Il y a vraiment de quoi être fier ! Un mot court et sec : « Assis. Couché. Debout. Rampe. Saute. »

Pauvre type !

D'un autre côté, heureusement qu'il obéit aveuglément, le chien, sinon ma peau n'aurait pas valu cher.

Mais non, c'est idiot ce que je dis : si le type n'avait pas dressé son chien à l'attaque, il n'aurait pas besoin de l'arrêter.

Je pense à Jessie avec une affection redoublée. Elle aussi sait s'asseoir, se coucher, donner la patte, dire merci ; la civilité, quoi. On lui a appris, sans gueuler les ordres, sans utiliser forcément toujours les mêmes mots, en faisant des phrases pour enrichir son vocabulaire, pas pour la dresser. À la maison, on a toujours fait avec les chiens comme avec les enfants, et qui aurait l'idée d'apprendre à ses enfants à parler en limitant son vocabulaire à « assis – couché » ?

Quand je reviens avec le panier de Bobby, la rue est vide : pas d'ennemi à l'horizon. J'ai l'impression d'être un éclaireur en temps de guerre.

Une pensée me travaille. Elle m'est venue pendant que je racontais ma mésaventure à Mme Leroyer : si ce chien a bien failli m'attaquer, il aurait fort bien pu attaquer quelqu'un d'autre.

Le coup de téléphone dont m'a parlé l'inspecteur n'était peut-être pas une blague, la personne s'est seulement trompée de race de chien. Il y a des gens très ignorants en matière de races, je le découvre chaque jour.

Il faut que j'en discute avec l'inspecteur.

– Allô, oui... Ah c'est toi, Médéric, tu as du nouveau ?... Un berger allemand... Tu fais bien de me le dire. De toute façon, je vais essayer de me renseigner sur ce gars. S'il joue à faire peur, il va avoir affaire à moi, crois-moi. Un chien comme celui-ci peut être considéré comme une arme, et là, il risque d'avoir des ennuis.

J'entends la porte qui s'ouvre. Ma mère entre. Les chiens se précipitent tous deux vers elle, mais seule Jessica saute, de manière affectueuse mais très mal élevée. Bobby se frotte gentiment contre ses jambes.

– ... Mais oui, dit Monnier, si j'ai du nouveau, je te le ferai savoir. C'est normal, tu m'as bien aidé depuis le début de cette enquête. Pour l'instant, nous nous intéressons au vieux Tual, nous fouillons un peu dans sa vie. Et puis il y a cette histoire d'héritage avec sa sœur, et nous allons aussi regarder un peu dans la vie du neveu. C'est la routine, puisqu'il hérite.

Pendant qu'il me parle, ma mère écrit quelque chose sur un papier, et me le montre :

Je vais faire des courses. J'emmène Jessie.

Je cligne des yeux pour dire que c'est enregistré.

C'est bien qu'elle emmène Jessica, ça va faire un peu de calme pour Bobby qui n'a aucune envie de jouer.

Bon sang ! Il faut que je rappelle à ma mère de me racheter des cartouches d'encre ! Sitôt le téléphone raccroché, je me précipite vers la porte. Trop tard ! Je vois la voiture qui s'éloigne, et seulement la tête de Jessie, toute fière, assise sur la banquette arrière.

La voiture, elle adore. C'est sa résidence secondaire, un poste d'observation génial dans une maison distrayante qui se promène partout.

De là, on voit des tas de gens, des chiens inconnus, des chats étranges qui ne prennent pas la fuite dès qu'ils vous aperçoivent. (Elle voulait toujours jouer avec les chats de la rue, mais ces incompréhensibles bestioles filaient avant qu'on ait eu le temps de faire connaissance.)

Chat !... Sous l'évier, chez le vieux Tual, il y avait aussi un paquet de croquettes pour chat...

Je demande à Bobby :

– Il y a un chat chez toi ?

Au mot « chat », il dresse les oreilles. Je crois qu'il connaît. Il faudra vérifier. Un chat, c'est souvent dehors, ça mène une vie indépendante mais, quand même, il faudrait s'en préoccuper.

– Et « voiture », tu connais ?

Apparemment non.

Pas de voiture ! Ce serait l'horreur pour Jessie. Une voiture, c'est l'imprévu au quotidien. Par exemple, si on prend cette route-ci, on se retrouve dans un parking de grande surface. Si on prend cette route-là (la meilleure !), on va dans la forêt... On peut courir à perdre haleine dans tous les sens. Le rêve !

Les parkings, c'est la destination la plus fréquente, hélas ! Là, on n'a pas le droit de descendre de la voiture. Même pas la peine de demander. Mais enfin, ce n'est pas inintéressant. On voit des gens qui passent avec des choses plein les caddies. Ils mettent tout dans leur coffre et ils repartent. L'autre jour...

Bon sang ! L'autre jour, j'étais resté avec Jessie dans la voiture et j'ai vu le vieux Tual mettre des paquets dans le coffre de Mme Leroyer... Ils se connaissaient parfaitement, ils faisaient leurs courses ensemble !

Oui. Ça ne veut pas dire grand-chose, il est normal de se rendre des services entre voisins.

D'ailleurs, Mme Leroyer n'a pas caché qu'elle le connaissait bien : c'est même elle qui a évoqué l'histoire entre Tual et sa sœur.

Ça me rappelle que l'inspecteur vient juste de m'en reparler. Il veut vérifier « cette histoire d'héritage avec sa sœur ». À quoi elle ressemble, cette sœur qui a téléphoné ?

Si c'est bien vrai qu'elle a téléphoné ! Qu'est-ce qui le prouve ? Et en admettant que ce soit vrai...

Son frère et elle étaient fâchés, peut-être fâchés à mort... À MORT !

Mais jusqu'à preuve du contraire, il est difficile de tuer par téléphone.

À moins qu'en réalité, elle lui ait parlé, et qu'elle lui ait annoncé une nouvelle si effrayante qu'il en aurait eu une crise cardiaque.

Ou alors elle a poussé un cri. Le cri-qui-tue.

Bon, c'est peut-être un peu tiré par les cheveux. Et puis, comment la victime se serait-elle retrouvée dans le champ ? Il n'empêche, le seul ennemi connu de Tual, c'est bien elle !

Il est temps que je fasse un peu de violoncelle,

mais le programme d'examen, non ! Pas aujourd'hui. On va s'offrir une petite pause. Il n'est pas mauvais de laisser mûrir. On se donne les bonnes raisons qu'on peut.

Je monte chercher mon instrument : je vais jouer en bas pour ne pas laisser Bobby tout seul.

Bien... Je mets mon disque préféré, *Archétype*. Pas facile d'improviser une deuxième partie de violoncelle, surtout de la rendre avec du sentiment, mais j'adore. Je joue avec les musiciens, et j'ai l'impression de faire partie du groupe.

Musicien, c'est un métier que j'aimerais faire. Mais pas dans un orchestre classique, non. Peut-être jazz, ou trad'.

Je ne sais pas si Bobby apprécie ma façon de jouer. Il me regarde avec un drôle d'air, et même il gémit un petit coup. Il n'a aucun goût, ce chien !

Je reprends dans les tons plus graves. Ça n'arrange rien. Bobby lève la tête vers le plafond, et le voilà qui émet une sorte de gémissement sourd et continu, un *si* bémol bien soutenu. Ma parole, il hurle à la mort ! C'est agréable ! Je repose mon archet.

Non mais il serait vexant ! Évidemment, si son ancien maître n'écoutait que Tino Rossi et la retransmission radio des matchs de rugby...

J'aimerais bien savoir des choses sur la vie du vieux Tual, mais je crains que ce ne soit d'une banalité à pleurer. Vous allez voir : il aura travaillé toute sa vie dans une quincaillerie où il débitait de la chaînette au mètre. Le jour de son départ en retraite, on lui aura offert un joli stylo à plume, et peut-être même la parure, avec le stylo à bille assorti.

Je me trompe lourdement.

Poison et chocolat

Il y a des jours, je me dis qu'il est trop tard, ou que je suis trop fatigué, ou qu'il va pleuvoir… J'ai vraiment trop la flemme de sortir. Mais j'ai un accord avec mes parents et Jessica : c'est moi qui suis de balade le week-end et pendant les vacances scolaires. Comme dit mon père : « Ce qui est dur avec un chien, c'est la promenade du soir. Ce qui est bien avec un chien, c'est la promenade du soir ».

Vrai, ça évite en tout cas de s'encroûter. (Jessie est en train de regarder fixement le trognon de pomme qui reste entre mes doigts. Je le lui donne distraitement.) Mais enfin, aujourd'hui, il est évident que je ne peux pas promener deux chiens ensemble !

J'ai dû malheureusement avoir l'air trop sincère, et Violaine veut me tirer d'embarras :

– Je peux prendre Bobby, propose-t-elle.

– De toute façon, remarque maman, je préfère que vous y alliez à deux.

Elle ne précise pas pourquoi : elle veut éviter de reparler des événements de l'autre soir qui, croit-elle, m'ont traumatisé. (Elle n'a pas tout à fait tort.)

Finalement, moi aussi, j'aime autant qu'on soit deux. Bien sûr, il est hors de question que Violaine se charge de Jessie, elle se ferait vite emporter au bout de la laisse comme un fétu de paille. Ah là là... quand je vois la sagesse et la pondération des labradors guides d'aveugles, je me dis que notre poupoune à nous a une tare, ou alors qu'on n'est vraiment pas doués pour l'apprentissage. À un an et demi, c'est toujours la guerre pour qu'elle ne tire pas sur sa laisse comme une dingue.

Violaine prend une corde pour tenir Bobby, et nous sortons ensemble.

Il y a juste Mme Nénette... enfin Monique. Bien sûr Nénette grogne quand je serre la main de sa maîtresse. Elle grogne tout pareil quand c'est le tour de Violaine, puis elle grogne sur Jessica qui s'en fiche.

Nénette est d'une jalousie maladive, et un peu débile, je trouve. En plus, tout ça c'est du cinéma : elle est incapable de mordre qui que ce soit !

On lâche les chiens dans le champ – sauf Nénette qui refuse de quitter sa mère, de peur que je ne la kidnappe pendant son absence, sans doute !

On parle de Bobby, de la tristesse de sa situation. On parle de l'enquête qui n'a pas l'air d'avancer beaucoup, surtout que c'est inquiétant pour tout le monde dans le quartier, hein ? Si c'était un fou ? Le pauvre cœur malade de Mme... de Monique n'y résisterait pas, parce que les derniers tests qu'on lui a faits n'étaient pas probants, mais que, elle, elle est bien sûre que...

L'arrivée de Christophe l'interrompt. Victor file rejoindre les autres dans le champ, bien content que Titan ne soit pas là pour faire de l'ombre à son charme. Du coup, Nénette s'aventure aussi. Je crois qu'elle est amoureuse de Victor.

Je demande :

– Alors, vous avez les renseignements sur ce qui pourrait ressembler à une crise cardiaque ?

– Eh bien, répond Christophe, on connaît plusieurs poisons susceptibles de s'attaquer au muscle cardiaque. À commencer par la digitaline, évidemment. À petite dose elle soigne, à forte elle tue.

– Il a pu être empoisonné ?

– C'est la première chose à laquelle on pense quand il n'y a pas de blessures.

– Par de la digitaline ?

– Ou autre chose... Bien des plantes peuvent tuer : la ciguë, le colchique, le datura, la renoncule, pas mal de champignons. Mais s'il a avalé quelque chose de louche, on le verra à l'autopsie.

Je suis embêté que Violaine soit là. Je ne veux pas qu'elle entende parler d'ouvrir l'estomac des morts et tout... Je la tire par la manche en prétextant qu'il faut récupérer les chiens.

– Jessica ! Bobby !

– Bobby est avec toi ? s'étonne Christophe.

– Pour trois jours. Après, c'est madame Leroyer qui le prend.

Il ne connaît pas Mme Leroyer. Elle n'est pas encore du club de l'heure des chiens.

– Si tu promènes Bobby, ajoute Christophe, méfie-toi du berger allemand.

– Ah !... Oui, merci, je connais.

– Son patron est un malade, et le chien a déjà attaqué Bobby l'autre jour, dans l'après-midi. Bobby était tout seul pour un petit tour de quartier. J'ai eu drôlement peur que ça ne tourne mal. Le berger était comme fou. Il tenait Bobby à la gorge. Le gars, il n'avait pas l'air de s'affoler. Il a fini par siffler son chien et tout est rentré dans l'ordre. Je crois qu'il voulait juste m'épater.

Je comprends alors la réaction de Bobby ce matin, quand il a aperçu son agresseur.

Et si, par hasard, le berger avait recommencé son manège lundi ? S'il avait attaqué de nouveau Bobby, et que le pauvre chien, affolé par le souvenir de la première bagarre, ait filé ? M. Tual – j'ai vécu ce moment, je sais de quoi je parle – aurait pu avoir une crise cardiaque.

Il faut quand même que je dise ça à l'inspecteur.

Mais cela signifierait que Bobby serait retourné tout seul à la maison.

Bobby sait parfaitement ouvrir les portes.

Et, ne voyant pas son maître revenir, il ne l'aurait pas rejoint ?

Parce que la porte de la maison était fermée. Comme disait l'inspecteur, il savait peut-être aussi la refermer. Dans ce cas, il ne pouvait plus ressortir, car un chien peut ouvrir une porte qui se pousse, pas une porte qui se tire. Enfin je crois. La seule chose qui me gêne, c'est que Bobby se soit enfui en laissant son maître face à l'ennemi. Un chien n'agirait pas ainsi. Sûr ?...

Et l'autre chien, le petit roux, le vieux l'aurait laissé à la maison ?

Cette histoire me rend à moitié malade.

Le lendemain, j'ai dit tout ça à l'inspecteur, et il m'a fait remarquer :

– Et le chocolat !

C'est vrai. Il m'a bien eu. Le vieux n'avait pas de chocolat, donc il ne promenait pas Bobby.

Voilà qui m'a soulagé. Je n'avais pas envie que Bobby ne soit qu'un lâche... (Vite dit : qu'est-ce que j'aurais fait à sa place, moi ?)

Mais nous n'en sommes pas encore au lendemain. Nous en sommes au moment où je m'aperçois que malgré mon appel, seule Jessica est là, essoufflée, la langue pendante.

Je lui demande :

– Et Bobby ?

Elle regarde vers le champ mais ne bouge pas.

J'appelle :

– Bobby ! Viens !

Violaine se dresse sur la pointe des pieds. Ça ne l'avance pas à grand-chose, la pauvre puce, elle ne m'arrive pas beaucoup plus haut que la taille. Son visage se décompose. Elle met ses mains en porte-voix et elle crie :

– Bo... bbyyyy !

Tous les yeux scrutent le champ. On ne voit aucun dos familier onduler au-dessus des herbes. Violaine ne va pas pleurer. Elle ne doit pas pleurer. C'est ce que me dit sa voix tremblotante :

– Il est perdu ! Il est perdu !

Je la rassure :

– Non, il n'est pas perdu.

Je suis toujours plus calme quand elle est là. Peut-être parce que je dois jouer les grands.

Je me demande si pour les adultes c'est pareil : peut-être que, parfois, ils ont peur aussi, mais qu'ils ne peuvent pas le montrer, parce que des parents, ce doit être rassurant.

Christophe aussi joue le « parent ». Il met sa main sur l'épaule de Violaine :

– Ne t'affole pas, dit-il. Si vous l'avez perdu, lui n'est sûrement pas perdu. Il connaît le quartier comme sa poche… si je puis m'exprimer ainsi.

Ma petite sœur a un pâle sourire :

– Comme son ventre, souffle-t-elle d'une voix mal assurée. Il est tout le temps en train de se chercher les puces sur le ventre.

On rit tous un peu fort, pour faire croire qu'on est détendus.

Mais il a raison, Christophe. Ce raisonnement me rassure aussi.

– Réfléchissons, reprend-il. Si Bobby a filé, où peut-il être allé ?

On se regarde. Oui, on sait où il est.

Un chien savant

On a retrouvé Bobby à la porte de son ancienne maison. On lui a dit de revenir avec nous et il a accepté. J'en ai mal au cœur.

Dans la nuit, j'y pense. Je pense aussi au berger allemand, et mon quartier que j'aimais tant me paraît maintenant menaçant. Il peut y avoir trois mille braves gens, même un peu ch... barbants comme Mme Nénette, et un seul pauvre type, avec un seul sale clebs, et tout est gâché. Ce n'est pas normal.

J'enrage.

J'entends Bobby qui s'agite en bas (on lui a mis son panier dans le hall). De temps en temps, il grimpe trois marches de l'escalier et puis il redescend. Je pense que chez lui, il n'avait pas le droit de monter dans les chambres.

Finalement, je me réveille assez tard. Violaine est déjà dans le salon, avec Marine. Elles écoutent tout doucement un vieux disque de chansons pour enfants en jouant aux cartes sur la table basse.

Bon sang, déjà dix heures ! La reprise, après les vacances, va être dure.

Je grommelle :

– Salouche !

– Bonjour ! répond Marine, toujours très-comme-il-faut.

– Saltoche ! murmure Violaine d'une voix lointaine, en étudiant son jeu.

Jessica m'entraîne à la cuisine. Bobby la regarde, avec une incrédulité non dissimulée, tirer sur le bas de ma robe de chambre. Il vient me dire bonjour. Je lui gratte le dessus du crâne.

Ça m'embête bien qu'elles soient là, les filles. Ça m'embête parce que j'avais envie de téléphoner à l'inspecteur, et je ne veux pas que Violaine entende. Il faut qu'elle reste en dehors de cette histoire (si elle savait ça, elle serait furieuse). Les morts, quand on a neuf ans, ce n'est pas sain. Quand on est plus vieux non plus, d'ailleurs.

En plus, elles ont l'air franchement installées. Elles ont même des verres de jus d'orange.

Que faire ?

Une demi-heure plus tard, je prends ostensiblement mon sac de sport et je déclare :

– Je vais voir si je trouve quelqu'un pour faire un tennis avec moi.

– Ah bon, dit Violaine d'un ton très modérément intéressé.

J'aurais pu lui annoncer que j'allais de ce pas repeindre la boulangerie d'en face avec une plume d'oie, ça ne lui aurait pas fait plus d'effet. Ce n'était pas la peine de se casser la tête à inventer un mensonge ! Je lâche :

– Bon, eh bien salpêche !

– Tu emmènes Jessie ? demande Violaine distraitement.

– Non mais tu rigoles !

Elle n'insiste pas. Jessie, au tennis, c'est l'enfer. Elle court après les balles. Bien sûr, dès qu'on la gronde, elle revient dans son coin, mais une minute après, une balle passe à côté d'elle et toutes ses bonnes résolutions s'envolent. Alors, on regronde, elle prend un air piteux, et puis ça recommence. Ce n'est pas une vie, ni pour elle ni pour moi. Elle vous gâche votre heure de tennis comme un rien.

Je crois qu'elle a compris, la finaude. Quand je lui annonce : « Je vais au tennis », elle ne réagit pas : elle le voit bien, avec un sac de tennis et le manche de la raquette qui dépasse, on va au tennis ! Un lieu infernal où on n'a pas le droit de courir après les balles.

Je repose mon sac : le téléphone est en train de sonner. Je traverse la pièce... et je reste estomaqué : Bobby vient de décrocher.

À peine revenu de ma surprise, j'entends dans l'appareil une voix qui demande :

– Violaine ?

Je saisis l'écouteur dans la gueule de Bobby qui me le laisse volontiers.

– Euh... Je te la passe... Violaine, c'est pour toi. Lucile.

Je reprends mon sac. Violaine n'a rien remarqué, je lui raconterai tout à l'heure. J'ouvre la porte, je me tourne vers Jessie qui m'interroge du regard et je préviens :

– Je reviens tout à l'heure.

Ça veut dire que ce n'est pas la peine de m'attendre.

Si je lui dis « je reviens tout de suite », elle fait le planton derrière la porte. « Tout à l'heure », ça la libère. Donc elle tourne carrément les talons (!) et entraîne Bobby dans le jardin. Il se laisse persuader, mais par pure gentillesse, pour ne pas la vexer. Je crois que, profondément, les chiens aiment faire plaisir.

Je sors.

Pas de berger allemand. Ouf.

Le commissariat. Je ne sais pas pourquoi, ça m'impressionne toujours. Je me répète sans arrêt, en montant l'escalier, qu'il faut que je parle : UN, de la bagarre entre le berger et Bobby ; DEUX, du téléphone. Le DEUX, c'est super-important. Je commence par là. J'y ai tellement pensé sur le chemin que je me fais un nœud dans la langue au moment où, enfin, je peux l'exprimer tout haut.

– Bobby a décroché le téphélone.

L'inspecteur ne relève pas mon lapsus. Il me contemple d'un air interrogatif.

– Cristi, souffle-t-il enfin. Je te le dis : ce sont les chiens qui vont finir par débrouiller cette affaire !

Un peu excité par ma découverte, j'ajoute :

– Ça signifie que c'est bien le neveu, la dernière personne à avoir eu des contacts avec Tual.

Monnier hoche lentement la tête. Je crois que mon enthousiasme l'amuse. C'est que, lui, il est habitué aux enquêtes et aux coups de théâtre. Pas moi. Il finit par lâcher :

– Donc, quand la sœur a téléphoné, c'est Bobby qui a décroché. Ceci explique pourquoi Tual n'a pas dit un mot, pas même « Allô », ou quelque chose de ce genre.

Ce doit être vrai. C'est logique en tout cas. Mais alors… pas de cri-qui-tue ? Dommage. J'ai tout de même envie de garder mon idée en réserve dans un coin de ma petite tête. Bien entendu, je n'en dis pas un mot à l'inspecteur. Je le suis dans ses conclusions :

– Donc, lorsque le téléphone a sonné, Tual était déjà mort.

– Bien possible... Ou sorti. Mais mort... oui, bien possible. Il serait donc mort entre le moment où le neveu lui a laissé le chien, vers midi, et le coup de téléphone à dix-sept heures... Sans doute même plus tôt, puisqu'il n'était pas à cette fameuse réunion du club du troisième âge.

– Mais alors, on l'aurait transporté dans le champ bien après ! Parce qu'il ne s'y trouvait pas dimanche, c'est sûr ! Il n'y était pas à l'heure des chiens.

– On aurait fait le coup en deux fois. Et le coupable a même raccroché le téléphone : lors de ma visite, il n'était pas décroché, ça aurait attiré mon attention.

L'inspecteur demeure songeur.

Comme je voyais mal quelqu'un transporter le corps en plein jour, un dimanche, alors qu'il y a des tas de gosses à jouer le long de la voie ferrée, j'en conclus qu'on l'avait forcément transporté de nuit.

Monnier se tourne vers moi :

– Par où peut-on passer pour aller de chez Tual au champ ?

– Partir en tournant le dos à la voie ferrée,

remonter la rue, longer le boulevard, prendre ma rue jusqu'au pont.

J'ajoute finalement :

– Mais Bobby, lui, quand il sort tout seul, il passe par-dessus la voie au bout de sa rue. Ce qui est bien sûr formellement interdit.

– Voilà encore un chien qui n'a pas lu le règlement de la S.N.C.F., remarque Monnier avec un rictus narquois.

Mais cela le laisse pensif.

J'attends un moment avant d'oser :

– Le neveu... Son emploi du temps... Vous ne croyez pas qu'il aurait pu faire l'aller et retour depuis sa maison de campagne pendant la nuit, sans que personne ne s'en aperçoive ?

– Si, dit l'inspecteur.

Et je sens à son ton de voix que c'était ce à quoi il était en train de penser.

– Seulement, reprend-il, dimanche midi, il n'est pas entré chez son oncle, madame Leroyer est formelle. Ils se sont juste parlé dans le jardin. Ensuite, Michel est reparti et Tual est rentré chez lui. Il était vivant. D'accord ?

J'opine du chef. O.K. La sœur a juste téléphoné. Le neveu est juste passé.

– Dimanche... répète Monnier d'un air rêveur. Ça confirme l'autopsie. Dimanche, sans doute entre midi et deux heures. Mais les causes de la mort restent floues.

– On n'a rien trouvé dans son estomac ?

– Rien de suspect. Cependant, s'il est mort d'une crise cardiaque chez lui, je ne vois pas pourquoi quelqu'un se serait donné la peine d'une pareille mise en scène.

Juste. Je raye définitivement le cri-qui-tue. Euh... Définitivement ?

– Vous avez appris des choses sur monsieur Tual ?

L'inspecteur pouvait bien me répondre que ça ne me regardait pas, mais il n'a pas l'air offusqué par ma question.

– Hum hum... Drôle de gars. Il a fait l'Indochine... je veux dire la guerre d'Indochine, précise-t-il devant mon air sceptique. Ensuite, on le retrouve en Équateur comme chercheur d'or, puis au Liban plus ou moins mercenaire, et puis en Amazonie dans le commerce du bois, une entreprise qu'il a montée avec son frère.

Eh bien ! Un vieux qui promenait son chien en chaussons !

– Le frère est mort des fièvres, et Tual a fait tourner l'entreprise tout seul, en élevant plus ou moins le fils que son frère avait eu là-bas. Puis un jour, il a trouvé qu'il avait gagné assez d'argent et il s'est retiré ici, dans l'ancienne maison de ses parents.

Un fils ? Je demande :

– Le fils de son frère, c'est Michel ?

– Michel, oui. Je pense que cela explique pourquoi c'est lui qui hérite de tout... Un sacré vadrouilleur, aussi, le Michel. Il est retourné plusieurs fois en Amazonie. Il a la bougeotte. Tantôt ici, tantôt là.

Je pense en moi-même qu'il aurait mieux fait de ne pas prendre de chien, alors. Ce problème de chien me rappelle celui du chat. Je raconte à l'inspecteur les croquettes sous l'évier.

– Oui, madame Leroyer m'en a parlé – elle sait tout, celle-là. Elle m'a dit que le chat est mort la semaine dernière, d'une manière bizarre, sans doute empoisonné. Je vois ce à quoi tu penses, ajoute-t-il, mais ce n'est pas une mort très exceptionnelle pour un chat. Il suffit qu'il mange de la mort-aux-rats qui ne lui est pas destinée, ou même certains produits contre les limaces, par exemple. Il y en a dans beaucoup de jardins.

Je demande :

– Vous vous y connaissez en chats ?

– Non, mais j'ai un jardin, et à chaque fois que je retourne le potager, les chats du quartier viennent y faire des trous. Ils ne savent pas rester chez eux, ceux-là !

Tiens ! Les inspecteurs peuvent aussi entretenir des potagers...

Monnier soulève dans sa main une enveloppe qui traîne sur son bureau, et reprend d'un ton soudain très gai :

– J'ai reçu une lettre de mon fils. Il dit qu'il fait quarante degrés dans les terres en ce moment, et qu'heureusement à Dakar, grâce à la mer, ils ont un peu moins chaud. Comme d'habitude, il va revenir déjà tout bronzé cet été et moi, j'aurai l'air d'une endive.

À chaque fois que l'inspecteur me parle de lui, ça me fait drôle : comme si un flic vivait toute sa vie dans un commissariat, entre les meurtres et les hold-up !

Quand j'étais petit, je croyais que la maîtresse ne quittait jamais la classe. J'avais été stupéfait de la rencontrer dans une grande surface. Et même, elle achetait des tomates ! Et en plus, elle faisait la queue à la caisse comme tout le monde, et elle payait ses provisions comme tout le monde !

Elle m'avait vu, avec mes yeux ahuris, et elle m'avait dit :

– Eh oui, les maîtresses, ça mange aussi !

Quelle révélation ! Les maîtresses, ça mange, ça dort, ça fait la lessive, ça part en vacances, ça prend le train. Cette idée de train me ramène à la voie ferrée. Subitement, je lance :

– Inspecteur, je n'ai jamais pensé à vous dire

que tous les soirs, il y a un homme sur la voie ferrée. À 22 heures 35 exactement, il passe sur le pont.

Monnier plisse ses yeux et me regarde intensément. Un peu gêné, j'ajoute :

– Oui, bien sûr, c'est sûrement sans rapport avec la mort de monsieur Tual.

C'est vrai. Quel rapport ? Mais l'homme a peut-être vu quelque chose. À 22 heures 35 probablement pas, mais... il repasse sans doute ensuite dans l'autre sens. Il aurait pu voir quelque chose dans la nuit de dimanche à lundi...

En revenant, je me sens un peu énervé. L'inspecteur Monnier sera sur le pont à 22 heures 35. Il veut parler au marcheur de la nuit. J'ai bien envie d'y aller aussi, mais est-ce que j'oserai ?

– Médéric ! crie Violaine en me voyant arriver.

Elle est sur le pas de la porte, l'air nerveux. Je presse le pas :

– Qu'est-ce qu'il y a ?

– Tu peux aller rechercher Bobby ? Il s'est encore sauvé pendant que j'ouvrais la porte au facteur.

– Tu aurais pu faire attention !

– Ce n'est pas de ma faute. Jessie est sortie voir le facteur et, comme il avait laissé sa portière ouverte, elle est montée dans la voiture. Après, pour la faire descendre...

Je sais : il n'y a pas plus sourd qu'un chien qui ne veut pas entendre.

Bon, ce n'est pas trop grave, je vois bien où il doit être, le Bobby.

Je fais demi-tour. Je me dépêche un peu quand même : qui sait ce qu'un chien peut inventer dans une situation qu'il ne comprend pas ?

J'arrive chez Tual. Bobby n'est pas à la porte. La maison est fermée, mais il est toujours possible d'entrer dans le jardin. J'ouvre le portail et contourne la maison. Pas un chat (bon, je n'ai pas trop le cœur à plaisanter). Où est-il, bon sang ?

Je regarde partout. Rien. Je cours de nouveau chez moi, pour prendre mon vélo au garage. Je veille à ne pas faire de bruit en ouvrant le battant de la porte : si Violaine apprend que Bobby n'était pas là-bas, elle va en être malade.

Je vais fouiller tout le quartier.

Deux heures. Deux heures de recherches, et rien. Je suis épuisé et inquiet. Je suis même allé jusqu'au canal. Est-ce qu'un chien peut se jeter à l'eau, de désespoir ? Je préfère ne pas y penser : le canal évoque pour nous tous un très mauvais souvenir.

Je n'ose pas rentrer à la maison pour annoncer une pareille nouvelle. Pauvre Bobby. Où a-t-il pu disparaître ? Une pensée me fait soudain froid dans le dos : pourvu qu'il ne se soit pas fait attaquer par le berger allemand !

Des émotions

Je ne sais pas ce qu'on mange. Je crois que c'est du jambon et des chips. Personne n'a eu envie de faire de cuisine. Où est Bobby ? Que lui est-il arrivé ?

Je ne peux pas m'empêcher de penser que le berger allemand est pour quelque chose là-dedans. Violaine garde le nez dans son assiette. Je sais qu'elle se sent coupable. De toute façon, Violaine a une fâcheuse tendance à se sentir responsable de tout ce qui ne va pas et, dans le cas présent, c'est vrai qu'elle y est pour quelque chose.

– Mange, ma puce, dit maman. On va bien finir par le retrouver, ce chien !

Je remarque :

– Un chien qui veut absolument filer, on ne peut pas faire grand-chose pour le retenir.

– J'aurais dû lui courir après.

– Mais non, il court bien plus vite que toi. Et puis, tu pensais qu'il voulait retourner un peu chez lui, alors... Tu ne pouvais pas prévoir !

– Tu sais, dit papa, c'est un vieux briscard. Il connaît le quartier comme sa première gamelle. Il a peut-être trouvé quelque part une chouette petite femelle.

Je renchéris :

– Les mâles, c'est comme ça, ils sont capables de disparaître pendant trois jours. Et puis ils reviennent...

Je dis ça, mais je ne crois pas le moins du monde que Bobby ait fait une fugue amoureuse dans un moment aussi dramatique de sa vie. Enfin, je ne sais pas tout sur les chiens.

Violaine murmure :

– Sultan, lui, il était mort.

Et la voilà qui se met à pleurer silencieusement. Elle n'a pas supporté du tout la mort de Sultan. Chacun essaie de faire comme s'il ne voyait pas qu'elle pleure, mais j'ai les larmes aux yeux. Papa raffermit sa voix et il dit :

– Sultan, ce n'est pas pareil. Il était très malade, il savait qu'il allait mourir. Les chiens ne sont pas angoissés par leur propre mort, ils ne sont pas aussi bêtes que les hommes.

Bobby, lui, n'est pas malade. Il ne comprend simplement pas pourquoi sa maison est vide et son maître absent. À mon avis, il a fugué pour le chercher. On va le retrouver. On a prévenu la S.P.A., le commissariat, les vétérinaires... Si Bobby est blessé, quelqu'un aura eu l'idée de l'emmener chez un vétérinaire !

C'est bien. Papa a réussi à ramener la conversation sur Bobby. Lui non plus, il ne veut pas parler de Sultan.

Il ne faut rien regretter, Sultan a eu une très belle mort, une mort de philosophe. Il savait qu'il était au bout de son chemin, bien avant que nous le sachions, nous, bien avant que le vétérinaire nous dise ces mots terribles qui sont restés gravés dans mon oreille : « Son foie ne fonctionne plus. Il est perdu ».

Sultan ne semblait pas souffrir, il ne gémissait pas. Seulement il ne mangeait plus, et il avait une attitude étrange : il passait ses journées à contempler sa gamelle d'eau. Je préfère ne pas raconter ce que nous avons vécu à ce moment-là.

Un matin, Sultan, qui ne partait jamais seul, a disparu. On l'a cherché partout, et tout le quartier nous a aidés, les voisins, les amis. Il s'était volatilisé.

Ce n'est que le lendemain qu'on l'a retrouvé. Dans le canal. Mort.

J'arrête de raconter parce que je vais encore avoir les larmes aux yeux. D'ailleurs, mon père est en train de me verser un verre de vin. Je crois qu'il est un peu troublé.

– Mais bon sang ! réagit-il soudain, qu'est-ce que je suis en train de faire ?

Je vide mon verre dans le sien. Je songe à ce que papa a proposé tout à l'heure : « Il ne comprend simplement pas pourquoi son maître n'est pas là. À mon avis, il a fugué pour le chercher ».

Je demande :

– Où a-t-on mis monsieur Tual ?

Personne ne répond : on vient de sonner à la porte.

C'est Kévin. Son père, le vétérinaire, a reçu un coup de téléphone l'informant qu'un chien correspondant au signalement de Bobby avait été vu près du funérarium.

Le funérarium ? Bien sûr, c'est là qu'est le corps de M. Tual !

– Incroyable, dit mon père. Nous, nous ne savions pas où était Tual, mais Bobby si !

Mon père a téléphoné à la morgue, qu'on appelle aujourd'hui « funérarium », ce qui est nettement plus sympathique. Oui, le chien est bien là. Qu'on ne s'inquiète pas pour lui, on lui a donné à boire et à manger. Venir le chercher ? Ce n'est pas forcément une bonne idée.

Mon père raccroche.

– C'est vrai, constate-t-il, il vaut mieux laisser Bobby là-bas. Ici, il serait malheureux. Et puis, l'enterrement a lieu demain. Laissons-le veiller son maître. Il ne faut pas cacher la mort. Quand son maître sera au cimetière, je pense que Bobby saura que c'est fini.

On le comprend, Bobby, parce que nous, on a déjà perdu Sultan, et Gavroche avant lui.

Jessie remarque tout de suite que l'atmosphère est plus détendue. Elle monte sur sa chaise, en bout de table, et s'y assoit. Violaine lui glisse discrètement une peau de saucisson. Je suis sûr que maman s'en est aperçue, mais elle ne fait pas de remarque, tellement elle est soulagée qu'on ait retrouvé Bobby. Il ne faut rien donner à manger aux chiens à table ! Je fronce un peu les sourcils pour montrer à Violaine que je ne suis pas dupe. Elle pouffe de rire.

Il ne faut rien donner aux chiens à table, sinon ils prennent l'habitude d'attendre. Ils guettent dans notre assiette, ce qui est désagréable mais, surtout, ils salivent trop longtemps pour quelques broutilles, et ce n'est pas bon pour leur estomac.

Jessie tend son museau vers Violaine, dans l'espoir d'une nouvelle manne. Mon père s'inquiète :

– Mais qu'est-ce qu'elle a, cette chienne ? Elle a l'air affamée.

On se regarde.

– Personne ne t'a donné à manger ? lui demande maman.

La doudoune relève ses oreilles. « Manger. » « Manger ? »

Elle saute de sa chaise comme une folle et court à sa gamelle. Non, personne ! Malheureuse victime des cogitations humaines !

Du coup, maman lui remplit sa gamelle avec les croquettes qu'elle préfère et, pendant un moment, on n'entend plus que des craquements satisfaits.

Je pense à Bobby, tout seul au funérarium, je pense à l'inspecteur qui va guetter le passage du marcheur des rails... Jessie m'interrompt. Elle pose ses pattes avant sur mes genoux et essaie de monter, comme quand elle était petite.

– Tu es bien trop grosse, ma pauvre fille ! Tu ne tiens plus sur mes genoux, il faut te faire à cette idée !

Elle insiste. Je l'aide un peu en lui soulevant le derrière.

Voilà... elle y est, mais en équilibre instable. Impossible de tenir là-dessus. Pourtant, se dit-elle, avant ça marchait très bien. Qu'a-t-il bien pu se passer ?

Elle est un peu dépitée. Ses babines se crispent. Ah… elle perd l'équilibre. Obligée de descendre ! Quelle barbe, les jambes de Médéric ont rétréci.

À 22 heures 25, je n'y tiens plus. Sans attendre la fin du film (interminable, c'est bien ma veine), je sors Jessie… En réalité – mais la distinction est subtile – je sors avec Jessie.

Là-haut, sur le pont, il y a une ombre, une ombre grande et ventrue. Je la reconnais, c'est celle de l'inspecteur. J'espère qu'il ne va pas me voir : je ne voudrais pas qu'il croie que je l'espionne. Je passe sous le pont, avec le plus de discrétion possible, et j'emmène Jessie dans l'allée de platanes qui monte tout droit. Elle ne se demande même pas pourquoi elle n'a pas droit immédiatement au champ : après une courte hésitation, elle accepte sans rechigner la direction que je lui propose.

Nous faisons ensemble encore quelques mètres et, à l'abri des regards, sous les grands arbres, je la lâche. Fidèle à ses habitudes, elle file comme un bolide jusqu'au bout de l'allée. Je ne la vois plus, mais ce n'est pas inquiétant. Ce qui m'intéresse plutôt, c'est l'ombre, là-haut. Je n'arrive pas à lire l'heure sur ma montre ; on ne doit pas être loin du moment fatidique. D'ailleurs... Oui... Je LE vois dans le virage. Il marche à grandes enjambées, toujours dans la même attitude vigilante, comme s'il comptait ses pas avec soin.

Il arrive. J'entends sonner dans ma tête 22 heures 35.

La voix de l'inspecteur me parvient vaguement. Je crois qu'il a seulement dit à l'homme :

– Bonsoir !

Et là, il se passe une chose incroyable, un vrai spectacle de marionnettes en ombres chinoises sur les lumières de la ville : l'homme se précipite sur l'inspecteur et le jette à terre. J'entends un bruit mat. Et puis l'homme qui fuit à toutes jambes.

Je demeure suffoqué. Bon sang, l'inspecteur ne se relève pas ! Et... mon cœur s'arrête. Le train de 22 heures 40. Dans trois, quatre minutes, il est là.

Je me mets à courir. Jessie est à côté de moi, je ne sais pas comment. Sans doute me surveille-t-elle beaucoup mieux que je ne la surveille. J'escalade à toute vitesse le remblai, en essayant de crier : « Inspecteur ! », mais je suis trop stressé, et trop essoufflé. Il est là. Il ne bouge pas. Il est allongé en travers de la voie. Sa tête a heurté le rail. Le train ! Il va déboucher dans le virage d'une seconde à l'autre.

Je sens l'affolement me gagner. Je hurle presque :

– Inspecteur !

Je le prends par les épaules. Bon sang, il est trop lourd ! Il doit peser plus de cent kilos et, en plus, les rails retiennent ses jambes.

À côté de moi, Jessie s'énerve aussi. Je ne sais pas ce qu'elle comprend à la situation, mais la voilà qui agrippe la veste de Monnier et qui tire avec moi. Le train ! Je l'entends !

Dans un dernier sursaut, je m'arc-boute, je tire. Ça vient tout seul. Mon esprit est si confus que je ne comprends pas tout de suite que Titan est là et qu'il tire aussi, à ma gauche. Le sol se dérobe sous mes pieds, je tombe à la renverse avec l'inspecteur, je me retrouve un peu en contrebas de la voie, dans la pente, au milieu d'un buisson de ronces. Dans un vrombissement d'enfer, le train passe au-dessus de nous. Jessie ?... Ouf ! Elle est là. Titan aussi. Leur grosse tête noire au-dessus de mon visage, ils se demandent visiblement comment on peut être assez maladroit pour se casser la figure dans une pente si banale.

La lueur d'une lampe de poche se rapproche en dansant.

– Ça va ? souffle la voix du père de Titan. Eh bien dites donc, vous m'avez fait une sacrée peur ! Qui est cet homme ?

L'homme en question redresse la tête avec lenteur, marque un moment de stupeur devant les deux grandes gueules noires ouvertes, les deux langues pendantes, puis il prononce lentement, sans quitter des yeux les deux terreurs noires :

– Je suis l'inspecteur Monnier.

– Vous avez une sacrée bosse, remarque M. Titan.

– Faites voir…

C'est la voix de l'étudiant en médecine qui vient d'arriver à son tour. Il examine la tête de l'inspecteur et décrète qu'il faudrait faire une radio. Monnier n'a pas l'air de cet avis, il affirme que ça va aller, qu'il se sent mieux. Petit à petit, il est en train de comprendre ce qui s'est passé, et qu'il me doit la vie. Je prends un air modeste et, en réalité, je suis même un peu gêné.

– Vous oubliez les chiens, dis-je. Je vous présente Jessie… et Titan.

– Eh bien ! soupire l'inspecteur en portant la main à son front, moi qui ai toujours eu une peur bleue des chiens…

Il les regarde en face et il finit :

– Je m'excuse…

Et tout le monde rit.

Histoire de famille, drôles d'histoires

Quelle soirée ! Il a fallu ensuite tout raconter à mes parents, et nous avons passé le début de la nuit à nous poser des questions sans réponse sur la personnalité du marcheur des rails, et la raison de sa fuite.

Le matin, au petit-déjeuner, c'est comme si la conversation ne s'était pas arrêtée. La nuit m'avait soufflé que l'homme s'était enfui parce qu'il avait vu quelque chose et qu'il avait peur de mettre sa vie en danger en le révélant ; ma mère avait déduit que l'homme participait sans doute à un trafic répréhensible, mais peut-être sans rapport avec le crime ; Violaine croyait qu'il devait aller droit devant lui parce qu'il avait fait un vœu et que l'inspecteur risquait de le lui faire rompre ; mon père était plutôt pour un type un peu dérangé qui avait cru qu'on voulait l'attaquer.

– Et le reste de l'enquête ? demande soudain Violaine. Tu avais dit que tu me raconterais.

– Violaine, intervient maman d'un ton de reproche. Je ne veux pas que tu t'occupes de cette affaire.

– Mais maman, ce n'est pas la peine de vouloir me protéger tout le temps : c'est la vie !

Maman ne peut s'empêcher de secouer la tête en soupirant, mais je vois qu'elle a un petit sourire amusé.

Hier après-midi, voyons... Hier me paraît déjà loin. Ah si !

Je raconte ce que je sais, et surtout que Bobby a décroché le téléphone. Tout le monde est épaté. Je parle aussi de la bagarre avec le berger allemand. Ce chien inquiète mes parents. On dit qu'un chien ressemble à son maître et je le crois volontiers. J'essaie de me montrer rassurant :

– J'en ai parlé à l'inspecteur, il va essayer de savoir qui est ce gars. Si son chien est dangereux, il peut l'obliger à porter une muselière. Un chien qui attaque est considéré comme une arme, et on sait qu'il peut attaquer n'importe qui sur ordre de son maître, j'en ai fait l'expérience.

– Ce type est odieux, s'écrie ma mère,

révoltée qu'on s'en soit pris à son « petit garçon ». Je me demande si on ne devrait pas porter plainte : ce chien est un danger public ! Est-ce qu'on va attendre qu'il y ait un accident ?

– Pour l'instant, on sait qu'il a attaqué Bobby, fait observer mon père, mais les bagarres de chiens n'intéressent pas la police.

– Le berger connaissait Bobby ? demande Violaine.

– Les chiens n'ont pas besoin de se connaître pour se battre.

– Le berger s'est battu avec d'autres chiens ?

– Pas forcément. Son maître peut l'arrêter comme il veut.

– Alors, pourquoi est-ce qu'il l'a laissé se battre avec Bobby ?

– Je n'en sais rien, moi !

Violaine croit toujours qu'il y a des réponses à tout.

– Pendant un moment, dis-je, j'ai pensé que le berger avait pu aussi attaquer monsieur Tual, et que cela aurait provoqué une crise cardiaque. Mais Tual n'est pas mort dans le champ, c'est pratiquement sûr.

– Le berger a pu l'attaquer chez lui ! imagine Violaine.

– Bon, là, tu nous fais carrément un nouveau roman.

– Le crâne rasé, reprend ma sœur sans se démonter, il connaissait monsieur Tual ?

– Non. Enfin, je n'en sais rien. Pourquoi l'aurait-il connu ?

À ce moment, le téléphone sonne. Mon père y va.

– Oui… Je vous le passe.

Il me tend le combiné :

– C'est l'inspecteur Monnier, pour toi.

Je n'en reviens pas : le gars au crâne rasé est le petit-fils d'un type qui était en Indochine avec Tual.

Je lance la balle.

– Raté ! Tu es nulle.

Jessica va chercher sous les rosiers et me rapporte la balle de tennis. Elle me la met dans la main, mais sans la lâcher. Je tente de la lui prendre, elle résiste. Je relâche mon étreinte, elle secoue la balle, la frotte dans ma paume. Elle voit que, si elle serre trop dur, je ne peux pas lutter : je perds. Seulement voilà, elle ne veut pas que je perde, elle veut que je lui lance de nouveau son jouet.

Je l'observe. Elle ne veut pas non plus lâcher

la balle dans ma main, parce que, quand même, ce ne serait pas du jeu ! Elle se contente de desserrer un peu la mâchoire... encore un peu, pour que je puisse l'attraper en ayant l'impression d'avoir vaincu. Les chiens ont un sens social aigu : il est très clair qu'elle me laisse gagner. Bien sûr, elle y voit son intérêt, mais elle aurait aussi bien pu déposer l'objet à mes pieds !

Je relance.

– Ah ! Bien ! Attrapée en vol, tu deviens bonne, dis donc !

Elle est toute fière. Elle revient, la tête haute et la queue dressée.

« Encore », dit-elle.

Deux fois, trois fois, quatre fois. Bang ! Un dérapage non contrôlé... en plein dans les framboisiers.

Je vais me rendre compte des dégâts. Trois de cassés. Je lui fais remarquer :

– Tu pourrais faire attention, quand même !

Elle baisse les oreilles.

– Ne lui lance pas la balle n'importe où ! s'exclame ma mère en passant la tête par la fenêtre.

Vous allez voir, ça va être de ma faute ! C'est toujours les chiens les chouchous, ici !

Je grogne :

– Chouchoute !

Elle ne croit pas du tout que ce soit une insulte. Elle se jette sur moi, et nous roulons dans l'herbe en rigolant. Ça me fait du bien de rire, parce que les derniers jours ont été un peu pénibles.

Ce matin, je suis allé voir Bobby. Il ne bouge pas de la porte du funérarium, le malheureux. Cet après-midi, c'est l'enterrement. J'appréhende beaucoup, surtout pour lui.

Je ne sais pas où l'inspecteur en est avec l'histoire du crâne rasé. Et puis, a-t-il découvert l'identité du marcheur des rails ?

Je suis trop énervé, je ne tiens pas en place. Je préviens ma mère :

– Je vais promener la choupinette, ça me détendra.

« Quoi ? » interroge Jessie, la tête un peu penchée. Elle est d'une indiscrétion noire, elle se permet toujours d'écouter ce qui ne lui est pas destiné. Elle m'apporte illico son matériel, collier, laisse, tout. Nous voilà dehors.

Coup d'œil à droite et à gauche. Pas de terreurs des trottoirs. Devant la maison, il y a juste Nénette, et Monique.

Jessie et moi, nous saluons. Nénette grogne un peu. On fait un bout de chemin ensemble. Et c'est là que j'apprends que Monique habite le quartier depuis toujours, et que même elle y est née.

– Mais alors, vous connaissiez bien monsieur Tual ?

– Oooooh oui ! Et depuis longtemps !

– On dit qu'il a eu une vie pleine d'aventures.

– Sans doute. Il est parti loin. Mais peut-être pas parce qu'il aimait tellement l'aventure.

– Ah ! Pourquoi alors ?

– Oh ! Vois-tu, il était copain avec un certain Tirel. Louis Tirel. Et ils étaient amoureux de la même fille, ma meilleure amie, Jeanine. Et c'est Louis Tirel qui a épousé Jeanine. Seulement, c'est à ce moment qu'a éclaté la guerre d'Indochine, et ils ont été envoyés tous les deux là-bas. Tirel y est mort. On a raconté… Mais c'est des histoires.

Quoi ? Elle ne va pas s'arrêter là quand même ! Je propose n'importe quoi :

– On a raconté qu'il n'était pas mort en réalité ?

Mme Nénette me regarde d'un drôle d'air :

– Mais non, quelle idée ! On a prétendu… que Tual avait envoyé Tirel à la mort, dans un endroit qu'il savait piégé.

– Pourquoi ?

– Je te dis, ce sont des inepties. Censément pour lui prendre sa femme, au retour. Mais je n'en crois pas un mot. D'ailleurs, Tual n'a jamais cherché à revoir Jeanine. De toute façon, la pauvre, elle est devenue folle de chagrin à la mort de son mari.

Monique secoue la tête d'un air de se lamenter :

– Le pauvre François (ce doit être le prénom de Tual), il n'a pas supporté ces bruits affreux. Il a préféré partir au loin.

Ou alors, il avait des remords.

Je m'informe :

– Elle est décédée, votre amie Jeanine ?

– Non non. Elle est au centre de gériatrie. J'ai des nouvelles par sa fille qui va la voir quelquefois. Mais ces temps-ci, elle n'y est pas allée. Elle a des soucis, la pauvre, à cause de son fils qui est là pour quelques jours, avec un berger allemand qui lui fait très peur... Je me demande si ce n'est pas de celui-là que vous parliez l'autre soir.

C'est celui-là. C'est forcément celui-là. Et puis...

– Viens, Nénette, déclare Monique en s'interrompant brusquement, il faut rentrer. On va se préparer pour l'enterrement.

Et en prononçant ces mots, elle pousse un soupir bien ostensible.

Moi aussi, je rentre en vitesse à la maison, il faut que je réfléchisse à... Tiens ! Mme Leroyer ! Je m'étonne :

– Je croyais que vous ne deviez revenir que demain !

– J'ai repris un train plus tôt. J'ai pensé à ce pauvre Bobby. Non que je croie qu'il soit mal chez vous mais, s'il doit vivre ensuite avec moi, c'est à moi de lui faire passer ce cap difficile. Surtout qu'on enterre ce pauvre monsieur Tual cet après-midi.

Elle est bien, Mme Leroyer, finalement.

Je me remets à courir. De toute façon, il faut d'urgence que je raconte à l'inspecteur ce que je viens d'apprendre sur le crâne rasé et l'histoire de son grand-père.

– Si tu veux venir à l'enterrement, interpelle maman, dépêche-toi !

– Juste un coup de fil à passer.

Raté ! L'inspecteur n'est pas là. Eh oui, c'est ainsi, il ne passe pas toute sa journée derrière son bureau à attendre mes coups de téléphone !

Bon, je vais mettre un pull propre. Papluche est absent pour la journée. Violaine reste à la maison garder Jessica... À moins que ce ne soit le contraire. Violaine essaie bien de protester que Jessie n'a aucun besoin d'être gardée, mais elle n'insiste pas trop. Maman veut lui éviter un enterrement et, finalement, elle ne tient pas plus que ça à y aller.

– Arrête-toi là, maman.

Ma mère se gare devant le funérarium. Il n'y a personne, que Bobby.

Je vais le voir, je le gratte un peu sous le menton. Il me lèche les paumes.

Le fourgon mortuaire est déjà prêt, portes ouvertes.

Maman me rejoint. On y a réfléchi ensemble, et on pense que c'est mieux que Bobby aille à l'enterrement. Ça pourrait l'aider à comprendre et à ne plus attendre son maître. On va l'emmener dans notre voiture.

Voilà le cercueil qui sort. Bobby se lève, il pousse un gémissement. Il veut monter près du cercueil.

– Ah non ! Pas de chien.

Un homme le repousse d'une main ferme.

Bobby dresse les oreilles, jappe une fois et bondit de nouveau dans le fourgon.

L'homme le tire par le collier :

– Fous-moi le camp d'ici immédiatement !

– Arrêtez, s'insurge ma mère, laissez-le donc !

– Tout de même, madame, le respect...

Non mais il est nul, ce mec !

Je crie :

– Ça va le gêner, le mort, vous croyez ? Il a vécu avec ce chien et il ne le supporterait plus maintenant qu'il est mort ? Vous ne comprenez pas que c'est son meilleur ami ?

– Calme-toi, dit ma mère.

Puis, s'adressant à l'homme en costume noir, elle propose :

– Si vous avez peur qu'il ne commette des dégradations, vous avez tort.

Je l'interromps :

– Je vais monter avec lui. Comme ça, il n'y a pas de risque.

Ma mère n'ose pas intervenir, bien que je la croie un peu réticente à l'idée de me voir monter à côté du cercueil. Mais enfin… il ne faut pas avoir peur des morts.

C'est ce que je me répète tout au long du chemin, sans cesser de gratter Bobby sous la mâchoire pour le rassurer.

Nous descendons devant l'église. Il n'y a pas foule, mais quand même plusieurs personnes du quartier, plus le neveu, Michel.

Mme Leroyer vient vite câliner Bobby, et il lui lèche les mains. Juste par savoir-vivre, car on voit bien que son regard ne quitte pas le cercueil.

Bobby entre dans l'église. Il paraît que ce n'est pas la place d'un chien, je me demande bien pourquoi. Je suis sûr que Bobby a moins de péchés sur la conscience que tous ceux qui sont là. Le prêtre qui dit la messe n'a pas fait de réflexion à ce sujet, il évite pourtant de regarder le chien qui s'est allongé au pied du cercueil.

Je ne sais pas si les gens aimaient beaucoup M. Tual, mais tout le monde a les yeux rouges. Je crois plutôt que c'est à cause de Bobby. C'est poignant de le voir là, immobile, la tête entre les pattes.

On avait un peu peur d'aller au cimetière, à cause du chien, mais on a eu tort. Bobby est très brave et très raisonnable. Il ne s'est pas laissé aller à hurler. Il a regardé son maître descendre dans la terre sans un mot, et puis il nous a regardés, ma mère et moi, et Mme Leroyer, et ceux de l'heure des chiens qui étaient là, avec dans les yeux comme une supplication : est-ce que nous pouvions faire quelque chose ?

Non, nous ne pouvions rien faire.

Alors il s'est allongé au pied de la tombe et il est demeuré sans bouger. Je suis resté aussi, un peu en arrière, avec Mme Leroyer, pour l'aider s'il se passait quelque chose. Mais je ne voulais pas intervenir : c'était à elle d'aller parler à Bobby maintenant, puisque c'était son chien.

Je l'ai sentie un peu inquiète. Elle m'a murmuré :

– Je n'ai pas trop l'habitude des chiens. Qu'est-ce que je dois lui dire ?

– Parlez-lui comme si c'était un petit enfant.
– Il n'y a pas de mots spéciaux ?
– Non. Il comprend le français, ne craignez rien.

Alors, quand la tombe a été refermée et que les fossoyeurs sont partis, Mme Leroyer s'est approchée de Bobby et elle lui a dit des choses, je ne sais pas quoi, très doucement.

Et là, Bobby s'est levé. Il avait l'air triste et résigné à la fois. Il a suivi Mme Leroyer sans qu'elle ait besoin de l'attacher, et ils sont sortis tous les deux du cimetière, comme de vieux compagnons de route.

Surprenantes révélations

Jessica dort. Elle rêve même tout fort en poussant des petits cris et en agitant les pattes. C'est embêtant parce que je ne peux pas l'avertir que je sors. Personne ne quitte jamais la maison sans la prévenir, c'est la moindre des choses. La pensée idiote de lui laisser un mot me traverse l'esprit.

J'attends que son rêve soit fini – il ne faut jamais réveiller quelqu'un qui rêve – puis je lui pose doucement la main sur la tête en soufflant :

– Ma pilouchette, je sors. Je reviens tout à l'heure.

Elle ouvre un œil. « Ah bon », dit-elle, puis elle se rallonge et elle reprend son roupillon.

L'inspecteur m'attend à dix-huit heures, il ne faut pas que je sois en retard.

– Alors ! ces informations nouvelles ?

L'inspecteur a une bosse énorme sur le côté de la tête, mais il n'a pas mis le moindre pansement.

– Toujours le club de l'heure des chiens. Informations d'un de ses membres éminents : madame Nénette.

Et je raconte ma conversation avec Monique.

– Pas mal ! dit l'inspecteur en frottant sa bosse avec une petite grimace de douleur, tu es un très bon adjoint ! Ça tombe bien, figure-toi, parce que l'homme au berger allemand, je me suis déjà renseigné sur lui, et il est dans nos locaux : un de mes collègues l'interroge. Cet homme est gardien du chenil de la police. C'est là-bas, au centre de dressage, qu'il a « emprunté » le chien, qu'il connaît bien. Sans doute a-t-il besoin de se balader avec un animal imposant pour se sentir fort...

– Il s'y croit vraiment, celui-là. Et en plus, ce chien est un danger public.

– S'il est mal conduit, oui. C'est un chien qui n'aurait jamais dû quitter le centre : les bêtes y sont entraînées pour la défense et pour tenir en respect les malfaiteurs. Il va être reconduit à son chenil.

Voilà une bonne nouvelle !

– Mais ce que tu me dis à propos du fait qu'il connaissait Tual... reprend Monnier.

Et il note quelque chose sur un petit carnet.

– Et pour l'homme de la voie ferrée ?

– Nous cherchons.

Téléphone. L'inspecteur va vers son bureau. Difficile de répéter sa conversation, mais elle se résume à :

– Hum... Ah ! Bon... Bien... Humhum... ouh... oui. Ah.

Je ne suis pas très sûr de l'ordre des monosyllabes. Enfin, il raccroche et il m'informe :

– L'homme de la voie ferrée, ce serait un malade, un schizophrène ou un psychopathe ou je ne sais quoi. Déterminer si c'est un criminel, il faut voir... Il a quand même essayé de me tuer. Enfin pas directement, mais il aurait pu être responsable de ma mort. Pourquoi m'a-t-il attaqué ? Tout est dans la réponse à cette question.

Il rouvre son petit carnet et reprend :

– Essayons de procéder par ordre. Je vais faire amener ici le gars au chien... Cela t'intéresserait-il d'entendre ce qu'il a à nous dire ?

– Je... je ne tiens pas trop à le rencontrer et à ce qu'il sache que je suis à l'origine de l'interrogatoire.

– Évidemment. Il n'est pas question de te mettre en danger. Si tu veux, tu vas dans la petite pièce à côté. Je laisse la porte entrouverte. D'accord ?

– D'accord.

J'entends la voix du type. Aussi détestable que lui.

L'inspecteur demande :

– Vous connaissez Tual ?

– Je le connais, et son con de chien aussi. Mais si vous voulez me faire dire que c'est moi qui l'ai tué, vous vous foutez le doigt dans l'œil. Je n'y ai pas touché, à ce pauvre mec.

– Comment le connaissez-vous ?

– Bof ! C'est ma mère qui le connaît. Elle a été élevée à l'Assistance Publique, la D.D.A.S.S. quoi, vu que son père était mort et que sa mère était folle. Tual allait la voir à chaque fois qu'il venait en France. Ils ont gardé des relations.

– Vous ne l'aimiez pas, Tual ?

– Je m'en foutais. Un minable.

– Vous aviez entendu dire qu'il était peut-être responsable de la mort de votre grand-père ?

– Évidemment... Ah ! Vous croyez que ce serait un mobile ? Mon grand-père, qu'est-ce que ça peut me foutre, je ne l'ai jamais connu !

L'inspecteur semble tout enregistrer, mais il ne fait aucun commentaire.

– Est-ce que vous pouvez me dire où vous étiez dimanche dernier ?

– Dimanche... Pourquoi ? Il est mort dimanche, le vieux ?

– Répondez.

– Dimanche, j'étais chez Michel, le neveu de Tual, justement.

J'arrête de respirer.

– Vous étiez chez Michel ?

– Je vous le dis. Le seul membre de la famille qui soit un peu fréquentable. Il m'avait invité... Il y a des témoins, hein ! On était bien cinquante !

L'inspecteur semble un peu ennuyé, et moi aussi.

Quoique...

– Est-ce qu'il s'est passé quelque chose de particulier, ce jour-là ?

– Vous voulez savoir si j'y étais bien, hein ? J'y étais, je vous le dis. Même qu'on était nombreux à rester coucher là-bas, si bien que Michel a dormi dans sa voiture pour laisser de la place. Ça vous va, comme détail ?

– Michel a dormi dans sa voiture...

– Je vous le dis. C'est même moi qui l'ai réveillé en gueulant par la fenêtre : il avait fermé la porte à clé derrière lui et personne ne pouvait sortir. Après, j'ai été obligé de passer par une fenêtre parce que, ce con, il avait paumé la clé.

– Il avait perdu la clé de sa maison ?

– Tout juste. On a fouillé la voiture, on n'a rien trouvé. Tu parles ! Il disait qu'elle était dans la poche de sa veste, la clé. Pour moi, il l'a paumée en allant pisser, ou quelque chose comme ça.

Pendant un moment, l'inspecteur ne dit rien. Je lis dans ses pensées. J'ai le cœur qui bat. La clé !

– J'ai interrogé plusieurs invités de cette nuit-là, et personne ne m'a parlé de cela.

– Évidemment, ils dormaient encore tous. Ensuite, Michel a pris sa clé de réserve et on en est resté là… Ah ! Vous voulez dire que ce n'est pas une preuve de ma présence là-bas ?

– C'est bon, lâche Monnier, vous pouvez partir.

– Ouais… Eh ben, inspecteur, bien le bonjour !

J'entends la porte qui se referme. J'ouvre la mienne. Monnier me regarde. Il ne dit rien.

Puis il a un sourire en coin :

– Il s'organise un alibi de cinquante témoins et il perd sa clé !

Il se lève de son bureau et ferme son petit carnet avec un claquement sec.

– En tout cas, outre Jessie, on a encore un chien à remercier : celui qui t'a attaqué ! (Là-dessus, je ne partage que très modérément son point de vue.) S'il n'était pas entré en scène, nous n'aurions rien su de tout cela… Bien… Il ne me reste plus qu'à aller essayer ceci sur la porte de Michel ! conclut-il en exhibant la clé.

Au moment où nous allons sortir, pénètre dans la pièce un homme grand et sec. Il ne dit pas bonjour, rien, il ne fait même pas attention à moi. Il sort un papier de sa poche et lit :

– Robert Auffray, dit Mimile. Retraité des chemins de fer. A eu des problèmes avec la Gestapo[1]. Sa femme et sa fille ont été déportées, suite à une dénonciation. Camp d'Auschwitz. Elles n'en sont pas revenues, gazées toutes les deux, le jour même de leur arrivée.

Monnier reste un moment sans prononcer une parole. Il regarde la clé dans sa main puis, levant la tête vers le grand sec, il demande :

– Vérifiez donc si cet Auffray connaissait Tual, et également si Tual aurait pu avoir une responsabilité quelconque dans la déportation de sa femme et de sa fille.

Je comprends qu'Auffray est le marcheur des rails.

– Patron ! proteste le grand sec. Il est pas loin de sept heures, on est samedi, et ma fille a son gala de danse dans une demi-heure.

– Bon ! Bon ! s'exclame Monnier avec un grand geste de la main. On attendra lundi !

– Si je peux me permettre, patron, ajoute l'autre d'un ton rassurant, lundi, le mort ne sera pas plus mort qu'aujourd'hui.

1. Gestapo : police allemande. (En France, pendant la Seconde Guerre mondiale, elle est à l'origine de l'arrestation et de la déportation de plusieurs centaines de milliers de personnes.)

– C'est bon, je te dis. D'ailleurs, j'ai lu dans mes notes que Tual n'avait que douze ans en 1944... Évidemment, un gosse peut très bien dénoncer... Et puis vois du côté de ses parents... Enfin, lundi, quoi !

L'inspecteur a refermé son petit carnet et l'a glissé dans sa poche intérieure.

– Allons-y, dit-il enfin. Je te ramène chez toi ?

– Ce n'est pas utile. Je peux rentrer à pied.

Nous descendons ensemble l'escalier de pierre. Un détail me frappe soudain :

– Dites-moi, l'homme de la voie ferrée, s'il avait une petite fille pendant la guerre, il n'est sûrement pas tout jeune !

– Non, comme tu dis. Je me suis fait bousculer par un homme de plus de quatre-vingts ans, ce n'est pas très glorieux !

Il me lance un clin d'œil et murmure sur un ton confidentiel :

– Ne le dis à personne...

J'aime bien l'inspecteur. Je joue le rôle de ma petite sœur, je le rassure :

– C'est que vous ne vous y attendiez pas. Et puis, c'est votre chute qui vous a assommé, pas l'homme !

– Médéric, dit l'inspecteur en me posant la main sur l'épaule, tu es un très bon fils.

Nous rions tous les deux en ouvrant gaiement, d'un grand coup de bras, la porte vitrée qui donne sur la rue.

Un vieillard est là. Il semble nous guetter, ou du moins guetter l'inspecteur, parce que dès qu'il le voit, il se précipite sur lui :

– C'est vous, l'inspecteur Monnier ?

– C'est moi. Mais si vous vouliez me voir, il fallait entrer.

– Aime pas les commissariats. Je suis seulement venu vous dire de ne pas embêter Mimile.

Ah ! Mimile = Robert Auffray.

– C'est pas la peine d'embêter Mimile, insiste le vieux. Il n'a rien fait.

– Il m'a, au minimum, violemment agressé...

– Il ne voulait pas. Il vous a pris pour la Gestapo.

– Charmant, dit Monnier. Il a un peu de retard, non ?

– C'est qu'il est resté bloqué. Enfin, je vais vous raconter.

Et le vieux entraîne sans façon Monnier vers un banc.

Je ne suis pas invité. Je m'assois quand même, un peu honteux de mon attitude, mais bien décidé à ne pas en changer tant qu'on ne me demande rien.

– Il travaillait avec moi, Mimile. C'était un

bon copain. Cheminots, qu'on était. Un soir, alors qu'il allait rentrer chez lui, on lui dit qu'il a un convoi à prendre et de faire chauffer sa loco. Il n'était pas content, le Mimile, parce qu'il était déjà au travail depuis l'aurore, et qu'il avait fait un aller-retour sur Saint-Brieuc dans la journée (à cette époque, ça prenait un sacré temps, ce n'est pas comme maintenant, avec leur T.G.V. !). Mais pas question de râler : pendant la guerre, ça ne rigolait pas. Enfin, il prend le convoi. Il ne savait pas ce que c'était. Des wagons à bestiaux, fermés. Mais dans les wagons, on entendait des cris et des appels. C'étaient des gens qui étaient enfermés là-dedans. Des juifs, des résistants, des communistes, enfin vous savez, quoi. Il y avait des nazis partout qui empêchaient qu'on approche. Je les vois encore, avec leurs fusils... Saleté !

Mimile, il a convoyé le train jusqu'à Paris, et puis il a été autorisé à rentrer chez lui. Il était de retour le surlendemain, dans la soirée. Et c'est là qu'il a appris que le train qu'il avait conduit transportait sa femme et sa fille, arrêtées par la Gestapo parce qu'elles étaient juives. Vous vous rendez compte, monsieur ! Et c'est lui qui avait conduit le train !

Il était comme fou, le pauvre Mimile. Il ne s'en est jamais remis. Il ne pouvait plus monter dans une loco sans éclater en sanglots, et on a dû lui trouver un poste à la consigne de la gare.

Mais le mal n'a pas passé, il l'a rongé toute sa vie, et même, la retraite a tout fait empirer. C'est depuis qu'il est en retraite qu'il arpente la voie, la voie sur laquelle il a emmené sa femme et sa petite fille. Il se dit, pauvre Mimile, que peut-être elles ont pu sauter du train en marche, et qu'elles l'attendent quelque part. Moi, je ne lui réponds rien : si cet espoir l'aide à survivre !

Tous les soirs, il part de la gare à 22 heures, comme le train cette fameuse nuit, et il fait le parcours à pied, jusqu'à chez lui, une ancienne maison de garde-barrière. Huit kilomètres. Là, il s'arrête et il attend. Il accroche l'écharpe de sa femme et le chapeau de paille de la petite à la fenêtre, pour qu'elles reconnaissent la maison si elles arrivent.

Je fais semblant de me gratter la joue pour qu'on ne voie pas que j'ai les larmes aux yeux. Monnier hoche la tête sans rien dire. L'homme se lève lourdement, puis il s'éloigne à petits pas. C'est tout.

Nom d'un chien !

Dimanche matin. J'ai hâte de savoir si la clé est bien celle de la maison de campagne de Michel. Hélas ! Je ne saurai sans doute rien aujourd'hui, parce que l'inspecteur ne travaille sûrement pas le dimanche. Il fait un temps splendide. Mes parents et Violaine sont partis déjeuner chez ma grand-tante Suzanne. Moi, j'ai pris du retard pour mon interro de maths de mardi, et j'ai préféré rester (excuse douteuse).

Il y a mille autres questions qui se posent. Inutile de dire qu'on a éliminé la piste de Robert Auffray. Son histoire m'a poursuivi toute la nuit. J'en ai même rêvé.

J'essaie de ne pas trop y penser. Du moins pas maintenant.

Si Michel a tué son oncle, reste à savoir comment. Tual n'est pas mort empoisonné : on aurait trouvé le poison dans son estomac.

De toute façon, Michel n'est même pas entré dans la maison, et il n'a rien donné à son oncle, Mme Leroyer est formelle. Pas de petit plat d'amanites phalloïdes ou de ciguë bien dosée.

Mais alors quoi ?

Attendez... Il y a une chose, venant de Michel, qui est entrée dans la maison.

C'est le chien.

Et si le chien avait su faire un tour très particulier qui flanque la trouille au point de provoquer une crise cardiaque ?

En pensée, j'en parle à Violaine : cela m'aide de poser tout haut les questions. Violaine me fait remarquer : « Il n'avait le chien que depuis la veille. Pas facile d'apprendre un tour à un chien en un jour. »

Et puis, c'est vraiment une méthode d'assassinat tout ce qu'il y a d'incertain.

Je n'en crois pas mes oreilles : Monnier au téléphone, un dimanche !

Il appelle de chez lui. Sympa ! Juste pour me dire que la clé est bien la bonne. Ce sont ses seuls mots, et ça me fait plaisir qu'il ne précise rien. C'est comme un code entre nous, ça nous rapproche. « La clé est bien la bonne ! »

Je ne vais pas le lâcher si vite.

– Mais comment Michel aurait-il tué son oncle ?

– Nous ne savons pas encore. D'après le médecin légiste, il aurait pu utiliser une variété de curare.

Alors, ce n'est pas le chien.

– Il en avait dans l'estomac, finalement ?

– Non non. Le curare ne tue pas par ingestion... Attends, il faut que je vérifie quelque chose... Je te rappelle si j'ai du nouveau.

L'inspecteur raccroche.

Qu'est-ce qu'il va faire ? J'en profite pour foncer sur le Larousse en dix volumes et je cherche à « curare » : *poison dont les Indiens de l'Amazonie, de l'Orénoque et des parages des Guyanes se servent pour empoisonner leurs flèches...* D'Amazonie !

Je repose le Larousse, je prends l'Encyclopédia : là, il y a trois ou quatre pages. Avec des considérations plus poétiques. *Il y a plusieurs milliers d'années, un Indien, qui chassait au bord de l'Amazone avec sa sarbacane et ses dards, observa un faucon qui griffait l'écorce d'une certaine liane avant de se lancer sur sa proie. Celle-ci mourut dès qu'il l'eut saisie dans ses serres. Imitant le rapace, l'homme frotta la pointe de ses dards sur la même écorce : désor-*

mais, le gibier sur lequel il tirait tombait mort dès qu'il était touché.

Passionnant... Sauf que Michel n'a pas touché le vieux. À moins qu'en lui serrant la main... Mais non. Avoir le poison sur une pointe, dans sa main, aurait été bien trop dangereux pour lui-même. D'ailleurs, Tual n'est pas tombé raide mort dans son jardin !

Je soupire. Tiens ! J'aperçois Christophe et Victor qui passent dans la rue.

Je sors en courant :

– Christophe !

Il s'arrête, un peu surpris.

– Christophe, j'ai des nouvelles pour monsieur Tual. Il aurait été empoisonné au curare. Vous savez comment ça agit ?

– Le curare ? En principe seulement par blessure. Tu sais, le coup des flèches empoisonnées !

– Donc, pas en l'avalant. Il fallait que Tual ait une blessure par laquelle le poison puisse s'infiltrer ?

– En principe. Mais, si tu en avales, tu risques quand même ta peau, parce qu'il faudrait être certain que tu n'aies pas la moindre petite blessure interne.

Évidemment...

Christophe s'est déjà éloigné depuis un moment, que je suis encore là, à réfléchir.

Téléphone. Je rentre en vitesse. C'est encore Monnier :

– J'ai vérifié dans le dossier. Tual ne portait aucune blessure ni griffure par laquelle puisse s'infiltrer le poison. Tu n'aurais pas une idée de génie, toi ? Je veux dire, en tant que spécialiste des chiens, puisque nous n'avons vraiment avancé dans cette affaire que grâce à eux.

– Je ne vois pas. La seule chose que Michel ait laissée chez Tual, c'est quand même le chien, Ferdinand.

– Tu sais son nom ? demande l'inspecteur surpris.

– Oui, je me suis renseigné.

– Je vois... je vois... Pendant que j'enquête sur les hommes, toi, tu enquêtes sur les chiens.

– Simple curiosité...

Je ne précise pas que c'est à cause de Violaine (ou grâce à Violaine).

– Bon, propose l'inspecteur, le chien aurait pu avoir les griffes enduites de curare...

– C'est dangereux. Un chien se gratte souvent, surtout quand il a des puces, et celui-là en avait probablement. En se grattant, il pouvait se tuer. Peut-être que Michel ne tenait pas au chien, mais ça aurait attiré l'attention !

– Qu'est-ce qui te fait penser qu'il avait des puces ?

– Ben… Euh… Il est très difficile d'en débarrasser les chiens. Il n'y a pas beaucoup de produits qui en viennent à bout, parce qu'elles sont devenues résistantes à tout. Les seuls traitements efficaces sont les nouveaux, et ils coûtent cher. À la S.P.A., ils n'ont pas les moyens.

Un silence au bout du fil :

– Pourquoi parles-tu de S.P.A. ?

– Ferdinand en venait. Michel l'y a pris la veille. Avec ma sœur, on s'est fait la réflexion que c'était vraiment débile d'adopter un chien pour le confier aussitôt. Surtout qu'en plus, il allait à sa maison de campagne, il aurait pu l'emmener, non ?

Monnier ne dit rien. C'est comme si je l'entendais réfléchir.

– Eh bien, soupire-t-il enfin, chapeau Médéric ! Je crois que tu nous as mis sur la bonne voie.

On se laisse du temps pour penser. Je note le numéro de téléphone de l'inspecteur.

Le problème, c'est qu'il n'y a aucune blessure. C'est ça qui est décourageant. J'imagine du poison sur les crocs du chien… Mais obliger un chien à mordre quelqu'un demande un sacré entraînement. Surtout pour faire mordre un ami des chiens comme Tual. Et puis il y aurait une blessure ! On en revient toujours là !

Voilà Jessica qui me saute dessus comme une folle.

– Mais qu'est-ce qu'il y a, ça ne va pas, non ?

Elle file comme un bolide vers son coin, prend sa laisse et fonce vers la porte. Je devine qu'elle a dû sentir passer un de ses copains dans la rue. Peut-être Victor, de retour de sa balade. Je proteste :

– Ah non ! Pas maintenant.

Elle me lance un regard outragé, lâche la laisse n'importe où, puis elle vient se coucher sur mes pieds, pour ne pas rater une occasion de réclamer à nouveau si j'ai la moindre velléité de bouger.

Christophe m'a dit...

Je rappelle l'inspecteur.

– Oui, me répond-il d'un ton animé, je suis de ton avis. Une blessure interne, ce peut être la solution, et c'est pourquoi je viens d'appeler son médecin de famille. Écoute bien : Tual ne souffrait pas du cœur et n'avait aucun problème particulier, sauf un peu de cholestérol. Par contre, il était toujours embêté par des aphtes énormes dans la bouche.

– C'est comment les aphtes ?

– Des lésions, comme des blessures. Tu vois ce que je veux dire ?

Je vois.

– Michel le savait qu'il avait des aphtes ?

– Naturellement. C'est de famille. Il en a aussi, lui.

– Mais comment Michel lui aurait-il donné du curare à manger ?

– Attention : pas à manger, car on l'aurait retrouvé dans l'estomac.

– Alors quoi ?

– Voilà ce qu'il faut découvrir... Mais comme il s'agit d'un curare très violent, il suffisait qu'il en ait sur les mains, et qu'ensuite il porte les mains à sa bouche.

Je n'écoute plus. Je sais. Mes mains tremblent.

– Inspecteur... inspecteur... Je crois... Écoutez : quand un chien vient vers vous, qu'est-ce que vous faites ?

– Pour ce qui me concerne, je recule.

– Peut-être que vous, vous reculez, mais moi je ne fais pas ça. Je caresse le chien.

– Tu caresses le chien... Oui, bien sûr ! Comment n'y ai-je pas pensé ? Mais... mais si le chien avait du curare sur les poils, il pouvait le lécher et en mourir, pour peu qu'il ait une petite blessure interne !

Une idée subite :

– Le chat, inspecteur !

– Bien ! s'exclame l'inspecteur d'une voix vibrante. Michel avait déjà essayé avec le chat ! Seulement le coup n'a pas marché, et le chat s'est empoisonné en se léchant. Et alors il a rectifié... Comment ?

– Facile. Il y a des endroits où les chiens ne peuvent pas se lécher : le cou, par exemple, et toute la première partie du dos.

– Eh bien... Il faut toujours s'adresser aux spécialistes... Attends, je t'arrête. Quand Michel est revenu prendre le chien, il l'a touché, non ? Et toi aussi, tu l'as caressé !

Je me sens soudain tout froid. Bon sang ! Je l'ai échappé belle... Mais non, Michel ne pouvait pas prendre le risque que quelqu'un d'autre meure de la même façon. Cela aurait étendu l'enquête. Avant même d'y avoir réfléchi , je me surprends à dire :

– Ferdinand avait été lavé.

– Pardon ?

– Mardi matin, Ferdinand sentait le shampoing pour chien.

L'inspecteur demeure silencieux un long moment. Enfin, il tousse un peu dans le téléphone, puis il prend une grande inspiration :

– Michel a mis le chien chez Tual. Tual l'a caressé, il en est mort. Dans la nuit, Michel est revenu. Il a lavé soigneusement le chien et il a transporté le corps de son oncle dans le champ, en passant par-dessus la voie ferrée, comme l'interdit le règlement de la S.N.C.F. (Je perçois un petit clin d'œil.) Il préférait qu'on trouve le corps ailleurs, tu penses ! Il était le dernier à avoir vu Tual vivant et, en plus, il hérite !

– Il se doutait bien qu'il serait soupçonné.

– Et puis, quelqu'un aurait pu le voir sonner chez son oncle sans remarquer qu'il n'y était finalement pas entré. Le hic, c'est qu'en déposant le corps, il a perdu la clé. Il me téléphone (coup de fil anonyme, évidemment) pour accréditer la thèse d'une crise cardiaque après une attaque de chien. Il ne se doutait pas qu'un setter est un chien d'arrêt, qu'il fallait mettre du chocolat dans les poches du vieux, que Bobby savait décrocher le téléphone (ce qui nous indiquerait le moment de la mort), que le berger allemand s'était battu avec Bobby (et que vous en avez parlé à l'heure des chiens, ce qui nous a mis sur la piste du gardien de chenil), que Jessica trouverait la clé dans le champ (alors que, pour n'importe quel humain, autant chercher une épingle dans une botte de foin !).

– Et que, quand on prend un chien à la S.P.A., on ne le laisse pas tomber le lendemain, surtout si on peut parfaitement l'emmener.

– Encore un qui ne connaissait rien aux chiens ! dit l'inspecteur en riant.

On a retrouvé chez Michel un bambou contenant du curare, la même variété que celle qui a tué le vieux Tual. C'est une affaire classée. À ce qu'il paraît, depuis toujours Michel estimait que l'argent gagné par son oncle lui appartenait pour moitié, puisque son père avait monté cette entreprise de bois en Amazonie avec lui. Le vieux Tual ne voulait rien savoir et rien donner, il avait seulement promis à Michel qu'il hériterait de tous ses biens. Oui, mais quand ? Michel était pressé, et les voyages coûtent beaucoup d'argent et en rapportent rarement... Il avait juste voulu précipiter un peu l'héritage, en se vengeant en même temps de la malhonnêteté de son oncle. Ferdinand ? J'en parlerai tout à l'heure.

Là, je sors de mon examen de violoncelle. Les joues un peu rouges, la respiration un peu courte, les jambes un peu faibles. Admis en troisième cycle, mention très bien. Je ne sais pas comment j'ai fait. Je crois que le jury a été sensible à la vibration de mon *si* bémol, qui imitait si parfaitement le hurlement de Bobby.

À ce propos... Bobby a l'air de se plaire chez Mme Leroyer. Il l'a introduite dans le club de l'heure des chiens. Au début, il se sauvait tous les jours à quatorze heures, et on le retrouvait immanquablement au cimetière, allongé sur la tombe du vieux Tual. Cela inquiétait beaucoup Mme Leroyer, surtout que, pour aller au cimetière, il faut traverser plusieurs rues très passantes, et que c'est plutôt dangereux. Elle a donc entrepris de boucher tous les trous sous la haie, pour empêcher Bobby de s'enfuir. Mais elle a bien vu que ça le rendait malheureux.

Alors, elle a adopté une autre solution : tous les jours à quatorze heures, elle l'accompagne au cimetière. Ça lui fait une promenade, dit-elle.

Pour Ferdinand... Il a un nouveau maître. Une idée de l'inspecteur (en voilà un qui fait des progrès fulgurants en matière de chiens) : il a proposé Ferdinand à Mimile, le marcheur des rails. C'était une idée formidable. Ferdinand et Mimile ne se quittent plus. Ils partagent la maison, là-bas, au bord de la voie ferrée, et plus jamais on n'a vu l'ombre noire de 22 heures 35.

Quant à l'inspecteur, il m'a nommé officieusement « adjoint de police, spécialiste des problèmes de chiens ». Il m'a même fait un petit diplôme, écrit de sa main. Et puis il m'a dit :

– Si Jessie a des petits un jour, tu m'en gardes un.

– O.K. inspecteur, ai-je répondu. Planquez les éponges !

L'AUTEUR

Originaire de Bretagne, **Évelyne Brisou-Pellen** vit à Rennes avec sa famille après avoir passé sa petite enfance au Maroc. Elle poursuit des études de lettres afin de se consacrer à l'enseignement. Mais l'éducation de ses deux fils puis la découverte et la passion de l'écriture la détournent d'une carrière de professeur. Aujourd'hui elle n'en rencontre pas moins beaucoup d'enfants et d'adolescents dans les classes lors des animations qui sont organisées autour de ses romans.

Publiée chez de nombreux éditeurs, elle a signé entre autres *Du venin dans le miel* et *Mystère au point mort* chez Rageot.

DANS LA MÊME COLLECTION

120 minutes pour mourir, Michel Amelin
À l'heure des chiens, Évelyne Brisou-Pellen
Allô ! Ici le tueur, Jay Bennett
Arrêtez la musique !, Christian Grenier
Assassinat rue Morskaïa, Michel Honaker
L'assassin est un fantôme, François Charles
@ssassins.net, Christian Grenier
Avant qu'il soit trop tard, Stéphane Daniel
Big Bug, Christian Grenier
Cadeau mortel, collectif d'auteurs
Carton rouge ou mort subite, P. Barbeau/R. Judenne
Coupable idéal, Jean Molla
Coups de théâtre, Christian Grenier
Crime à tous les étages, Alice Hulot
Crime d'auteur, Jacques Asklund
Croisière en meurtre majeur, Michel Honaker
Un fantôme au pensionnat, Thomas Brezina
Folle à tuer ?, Catherine Missonnier
L'heure de la vengeance, Catherine Missonnier
L'inconnue de la chambre 313, Geneviève Senger
Meurtre au lycée, Geneviève Senger
L'oiseau de mort du cap Horn, Jean Merrien
L'Ordinatueur, Christian Grenier
Panique aux urgences, B. Aubert/G. Cavali
Panique sur le télésiège, Thomas Brezina

DANS LA MÊME COLLECTION

Un printemps vert panique, Paul Thiès
Le secret de la momie rouge, Thomas Brezina
Simulator, Christian Grenier
Sombre trafic, Catherine Missonnier
La sorcière de midi, Michel Honaker
Souviens-toi de Titus, Jean-Paul Nozière
Week-end mortel, Jean-Paul Nozière

Achevé d'imprimer en France
par l'Imprimerie Hérissey en août 2005
Dépôt légal : août 2005
N° d'édition : 4238
N° d'impression : 99964